KB184781

건축가와 함께 걷는
청와대, 서촌, 북촌 산책

일러두기

본문에 장소별 정보를 실었습니다.

운영 시간 등 변동 가능성이 있는 정보의 경우 반드시 직접 확인하시기를 권합니다.

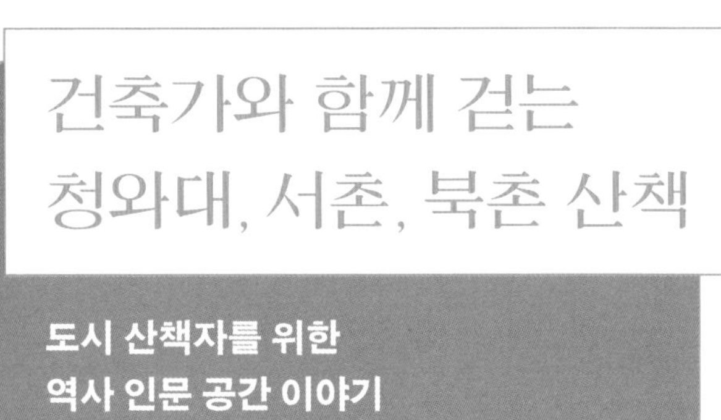

건축가와 함께 걷는 청와대, 서촌, 북촌 산책

도시 산책자를 위한
역사 인문 공간 이야기

김영욱 지음

포르체

들어가는 말

넓고 깊은 이야기를 품은 도시를 향해

경복궁의 북쪽 끝자락에 있는 청와대에서 시민들의 함성이 들려온다. 과거 경복궁에서 그러했듯 백성들의 목소리가 들리는 듯하다. 1395년 조선 시대 경복궁에서 왕이 정치를 시작하면서부터 현재까지 우리나라의 왕과 대통령은 경복궁 일대에서 기거했다.

조선 시대 당시 경복궁은 왕이 거주하고 정사를 처리하는 공간이었다. 남북으로 곧게 뻗은 세종대로의 북쪽 끝에 있는 왕궁은 권위의 정점이었다. 청와대는 경복궁보다 더 안쪽이며 세종대로에서 가장 먼 위치, 북악산 바로 아래 위치한다. 이곳은 시민들의 일상 공간에서 최대한 멀리 떨어져 고립되었다. 대통령이 거주하는 관저는 집무실보다 더 먼 곳으로 격리되었다. 시민과 참모 들이 있는 곳으로부터 멀리 배치해 소통 대신 대통령의 권위와 안보를 확보했다. 대통령으로 출마하는 대선 후보자들은 진보와 보수 할 것 없이 누구나 국민과의 소통을 부르짖었다. 마치 시대정신인 것처럼 말이다. 그러나 그 누구도 국민과의 소통을 상징처럼 외쳤던 광화문으로 나아가지 못했다.

청와대는 위치 자체가 사회와 동 떨어져 있는 장소에 있고, 내부 공간 역시 사람과 사람 간의 소통이 부재하도록 설계되었다. 소통을 좋아하는 사람이라도 청와대에서 지내면 권위적으로 행동하게 될 것이다. 공간의 구조가 권위적인 관계에 물들게 한다. 미국 백악관의 내부 공간은 의도하지 않아도 참모진과 대통령이 서로 조우하고 대화하는 것이 가능하다. 원활한 소통을 전제로 설계되었기 때문이다. 그러나 청와대는 건설 당시 대통령에게 권위를 부여하도록 설계하는 게 중요한 목표였다.

이 시대에 권위주의를 외치는 것은 시대정신에 걸맞지 않는다. 국민과 소통하며 어려운 일을 함께하는 것이 지금 우리 시대가 원하는 대통령 상이다. 외국 정상들의 집무실과 관저를 보라. 미국, 영국, 프랑스, 독일 등의 집무실과 관저는 하나의 건물에 위치한다. 24시간 깨어서 국민을 위해 봉사할 수 있는 공간 구조를 갖추고 있다.

청와대에 방문하게 된다면 세종대로가 보이는 창가에 반드시 서 보기를 바란다. 대한민국의 역대 대통령들이 이곳에서 여러 문제를 고뇌하는 시간을 가졌다. 이 자리에 서면 굴곡진 우리 정치사의 숱한 찰나들이 스쳐 지나간다.

청와대를 보고 나면 꼭 유구한 역사를 지닌 서촌, 북촌, 삼청동을 둘러보기를 추천한다. 이 동네는 왕과 대통령의 거처가 된 동네로서, 600여 년의 시간이 깃들어 있다. 긴 역사만큼이나 숱한 이야기가 켜켜이 쌓였다. 여유를 가지고 천천히 느린 걸음으로 동네를 살펴보자. 왕이 행차하던 길, 고관대작들이 살던 동네, 양반들이 풍류를 즐기던 계곡, 문인과 화가 들이 창작하던 공간이 있다. 그 공간들을 가볍게 산책하며 수많은 인물과 역사적인 사건이 쌓아온 깊은 역사를 가만히 바라보기를 바란다.

이 책은 청와대와 그 주변 동네를 산책할 때 훨씬 더 즐겁고 유의미한 경험을 할 수 있도록 돕는다. 청와대가 언제까지 시민에게 열린 공간이 될 수 있을지 모르겠다. 그러니 지금이라도 찾아가 오랜 시간에 걸쳐 만들어진 역사와 공간에 스민 건축적 의미를 느껴 보기를 바란다. 그리고 어떠한 시대가 우리 앞에 펼쳐지면 좋을지 깊이 사유해 보면 좋겠다. 우리가 살아가는 대한민국에서 지혜롭고 현명한 시민이 되려면 어떠한 선택을 해야 하는지도 함께 고민해 보자. 이 책이 독자분들에게 유익하기를 고대한다.

목차

2부 서촌과 북촌

1장 청와대 주변의 마을들

서촌을 걷다

문화·예술

역사

북촌을 걷다

문화·예술

역사

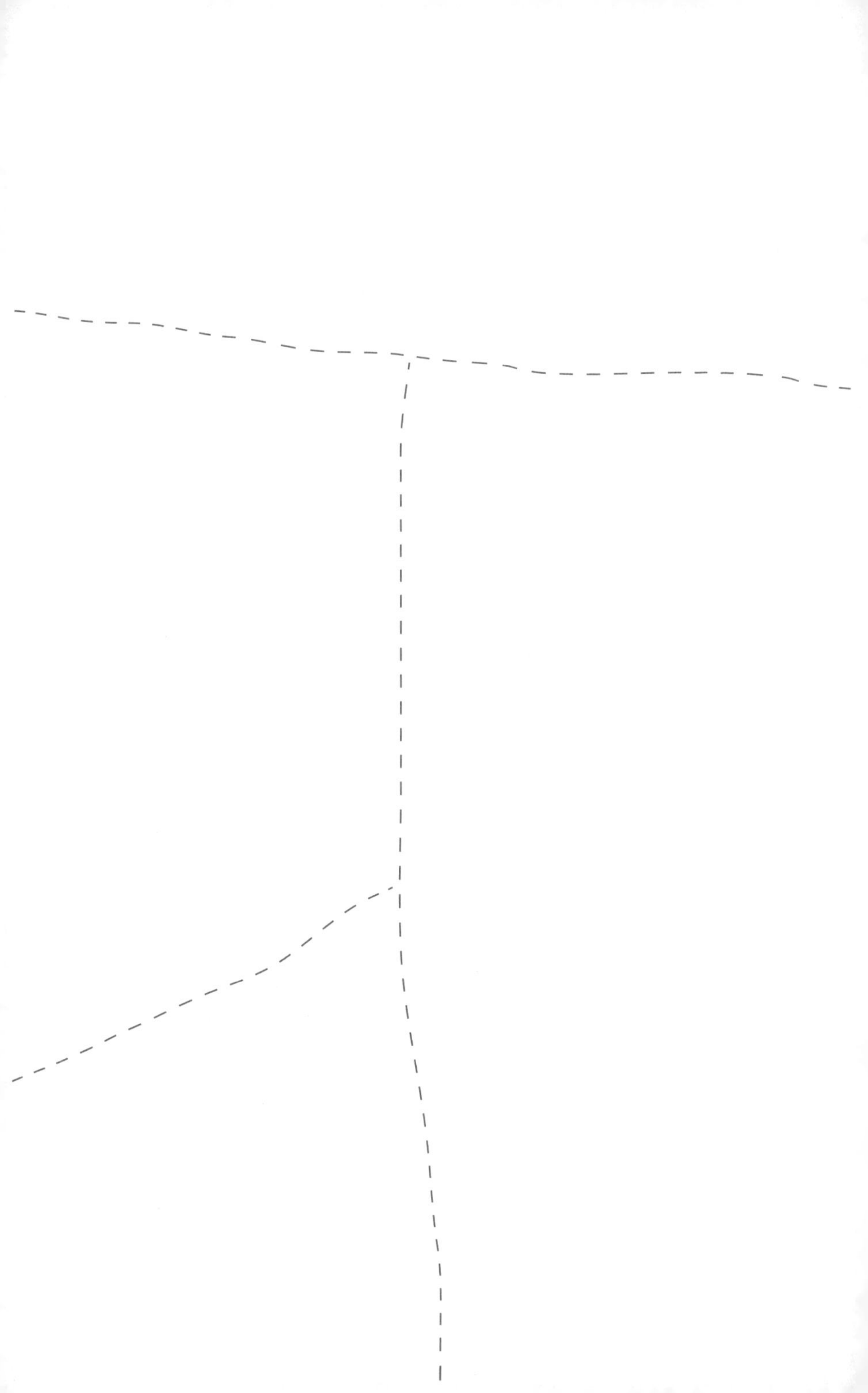

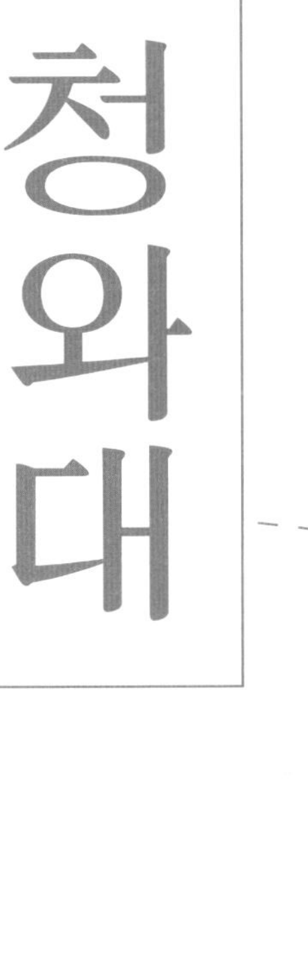

1부

1장

청와대와 외국 정상의 집무실

청와대와 백악관

청와대는 우리나라 최고의 국정 운영 기관으로 대통령과 보좌진들이 근무하는 곳이다. 긴박하게 돌아가는 국내외의 현안들 속에서 대통령은 어려운 결정을 신속히 해야 한다. 그래서 외국의 대통령 집무실은 유능한 참모들과 수시로 만나 회의를 하면서 중요한 결정을 하도록 설계되었다. 그런데 청와대는 '구중 궁궐(임금이 있는 대궐 안)'로 묘사되기도 한다. 무엇 때문일까? 도대체 어떻게 설계되었길래 '불통', '권위', '절대 권력'의 공간으로 묘사될까?

청와대는 노태우 대통령 시절에 신축되었다. 유신, 군정 시대를 거쳐 형성된 권위적인 대통령 상을 반영하듯 청와대는 매우 권위적인 건물로 지어졌다. 규모는 경복궁의 근정전보다 더 크다. 그런데 규모보다 더 큰 문제점이 있다. 청와대의 대통령 집무실은 대통령의 권위가 부각되도록 설계되었다. 청와대는 국민들로부터 스스로를 고립시키는 곳에 위치했을 뿐만 아니라 건물 내부도 대통령과 비서진들 간의 소통이 일어나기 어려운 공간으로 만들어졌다. 대통령 집무실 건물에 도착한 보고자는 2층의 집무실로 가기 위해 대계단을 오른다. 대계단을 올라가면 다시 방향을 전환해 집무실을 향한다. 1층의 정문부터 복잡한 길을 거치며 이미 주눅이 든 보고자는 대통령실로 들어서는 순간 다시 공간에 압도당한다. 부속실을 거쳐 대통령 공간에 들어서면 약 30m 폭의 방 안쪽에 대통령이 있다. 대통령과 대화하기 위해서 족히 10m 이상 걸어가야 한다. 편안하게 의견을 교환하고 의논하는 분위기는 도저히 상상하기 어렵다. 서로 편안하게 소통을 하는 것이 아니라 대통령이 일방적으로 지시를 하는 관계가 형성되도록 공간이 만들어진 탓이다. 대통령 집무실은 말 그대로 대통령만 근무한다. 참모진은 걸어서 10분 이상 떨어진 곳에 근무한다. 아무리 격의 없는 소통을 좋아하는 사람일지라도 이러한 공간에서 근무하면 점점 소통하는 빈도가 줄어들고 주어진 공간—권위적인 우월의 공간—에 익숙해진다.

청와대의 소통이 단절된 공간을 이야기할 때 미국의 백악관이 자주 언급된다. 백악관은 미국의 수도 워싱턴시의 중심에 위치한다. 백악관은 관저와 집무실이 하나의 건물로 설계되었고, 관저는 그 건물의 중앙에 있다. 관저를 중심으로 양쪽에 동관(East Wing)과 서관(West Wing)이 연결된 공간 구조를 가졌

청와대 집무실의 배치와 소통 정도

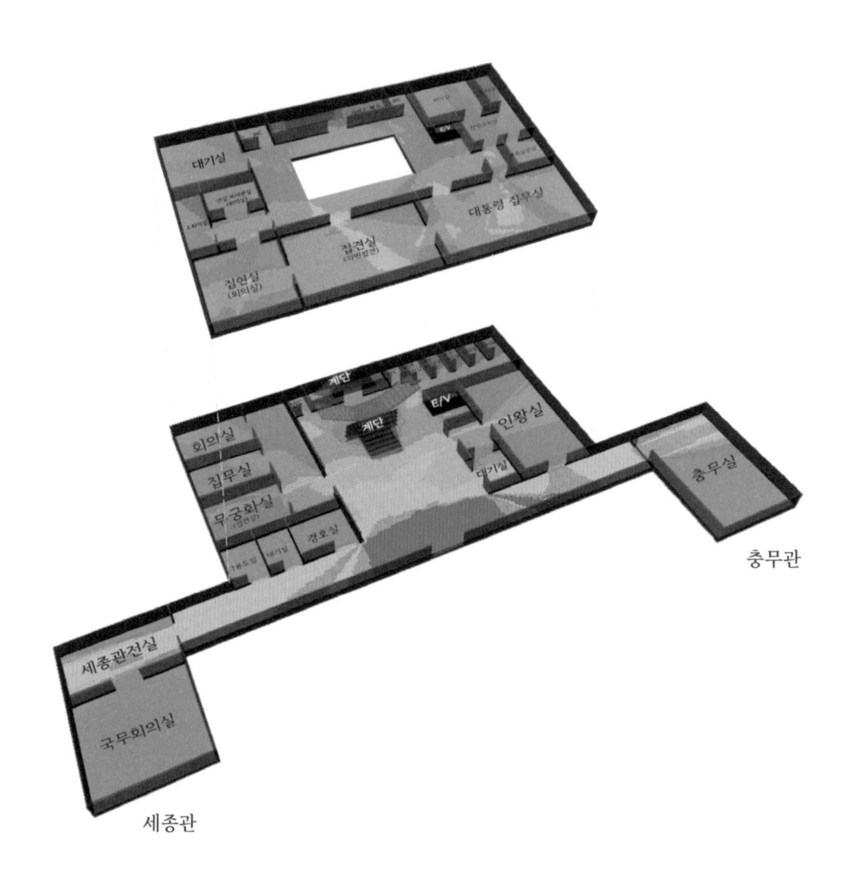

붉은색에 가까울수록
소통의 정도가 높은 곳이며,
푸른색일수록 소통이 어려운 공간

백악관의 배치와 소통 정도

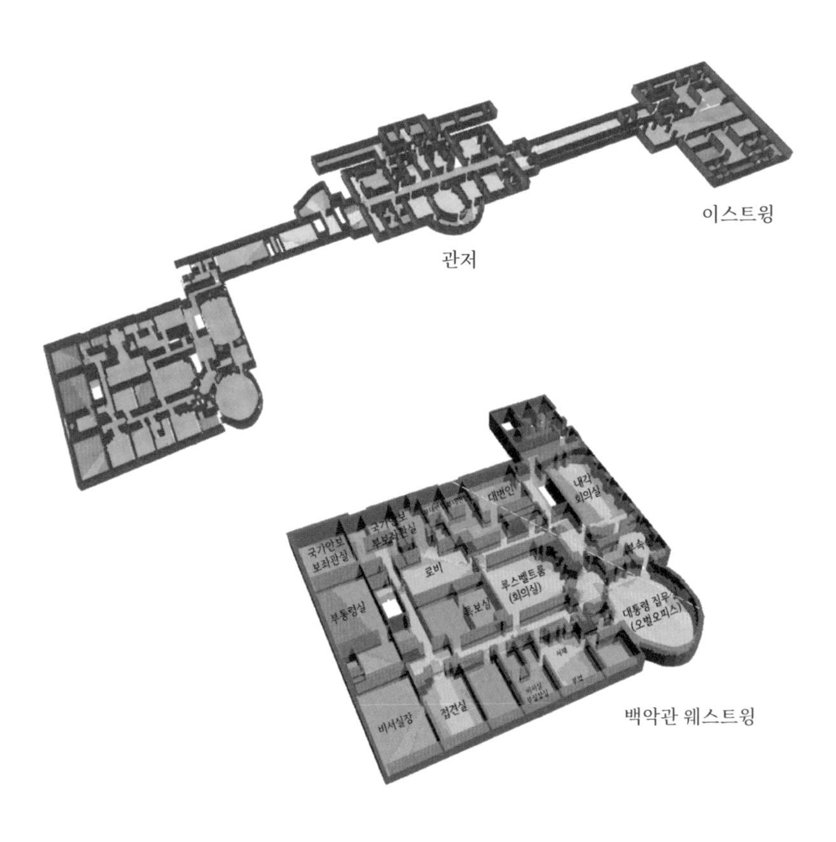

붉은색에 가까울수록
소통의 정도가 높은 곳이며,
푸른색일수록 소통이 어려운 공간

다. 대통령 집무실인 오벌 오피스(Oval Office)와 참모의 공간은 서관에 위치해 방문객을 접견하고 업무를 처리한다. 대통령 산하 직속 기능이 대통령 집무실을 중심으로 서관에 모두 위치하는 구조다. 앞서 백악관의 소통 정도를 색으로 표현한 그림을 보면, 유독 복도가 붉은색을 띤다. 화장실 가다가, 커피 마시러 가다가, 부지불식간에 사람이 많이 자주 마주치게 되면 그만큼 편한 관계가 형성되는 것이다. 이들은 가까운 거리에 근무할 뿐만 아니라 회의실과 복도를 소통이 편하도록 배치해 수시로 만나 이야기할 수 있다. 대통령이 근무하는 오벌 오피스는 공간 구조상 소통의 중심이 된다. 복도에서 우연히 마주치는 기회가 많아 사람들 간의 친밀도를 증대해 깊은 이야기도 쉽게 할 수 있는 분위기를 만든다. 중요한 결정이 항상 딱딱한 회의실에서만 결정되지 않는다.

이렇듯 백악관의 대통령 집무실이 있는 서관은 대통령과 참모들이 부지불식간에 서로 만나 수시로 의사소통을 할 수 있도록 건물이 지어졌다. 그러나 청와대의 대통령은 국민뿐만 아니라 참모진들에게도 고립되었다.

대통령이 생활하는 관저의 위치도 중요하다. 미국, 영국, 독일 등 대부분의 선진국 관저는 집무실과 하나의 건물로 이루어졌다. 백악관은 집무실과 관저가 걸어서 1분 남짓 거리에 있다. 영국의 다우닝 10번지에는 관저와 수상의 근무실이 가까운 곳에 위치한다. 독일의 경우 수상 관저가 집무실 위층에 있다. 대부분의 나라에서 대통령이 일하는 공간인 집무실과 기거하는 생활 공간인 관저를 동일한 건물 안에 배치했다. 이것은 무엇을 뜻할까? 대통령이 필요하다면 24시간 내내 일을 할 수 있도록 건물이 설계되었다는 뜻이다. 그런데 우리나라 청와대의 집무실과 관저는 서로 다른 건물에 있을 뿐만 아니라 멀리 떨어져 있다.

건물의 공간 구조는 사람의 행태에 영향을 미친다. 공간 설계 방식에 따라 의사소통이 자유롭게 일어날 수도 있고, 소통을 어렵게 해 격리와 고립을 조장할 수도 있다. 소통을 원활하게 잘하는 사람도 소통이 어려운 공간에서 오랫동안 생활하면 점차 소통 가능성을 닫게 된다. 긴박하게 돌아가는 국내외 정세와 현안에 대응하기 위해 대통령의 권위에 대한 이념적 상징을 극복하고, 대통령이 참모진들과 수시로 소통하며 집무할 수 있는 공간이 그 어느 때보다도 요구된다.

외국의 대통령 집무 공간은 어떤 모습인가

국가의 안녕을 위해 한 나라의 정상이 지닌 역할은 막중하다. 대통령이든 수상이든 나라의 정상이 근무하고 생활하는 공간은 국가의 경쟁력에 영향을 미치는 국민 모두의 관심사이기도 하다. 외국 정상들은 어떠한 공간에서 일하고 기거할지 우리나라와 비교해 보자.

우리나라의 여러 대통령이 '광화문 시대'를 외치고 정부종합청사로 청와대를 이전하는 방안을 검토했다. 그들은 왜 광화문으로 가고 싶어 했을까? 광화문은 국민이 활발하게 활동하는 공간으로, 대통령이 국민의 공간으로 직접 들어가 함께 호흡하고 소통할 수 있다는 장소의 상징적 의미가 컸기 때문이다. 기능적인 면에서 하나의 건물에 대통령과 참모진들이 함께 근무하며 수시로 소통하고 국사를 논의할 수 있다는 점도 중요한 이유다. 정부종합청사는 그러한 점에서 최적의 대안이다.

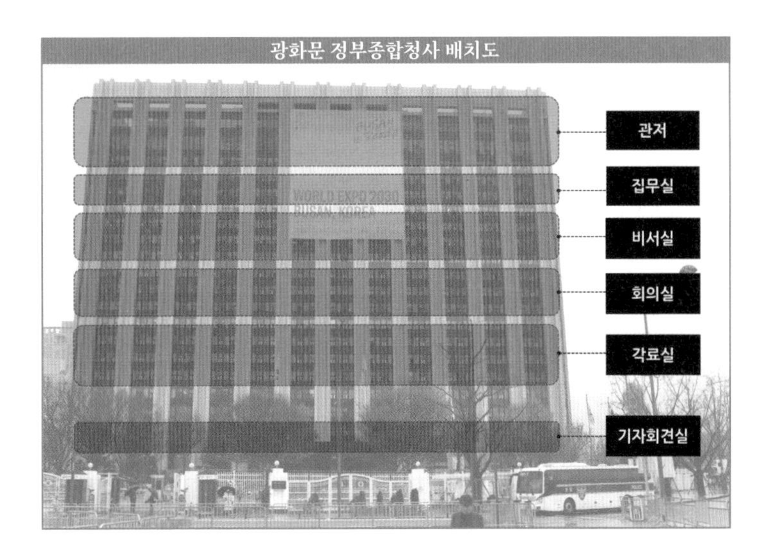

광화문 정부종합청사 배치도

정부종합청사를 청와대의 대안 공간으로 사용하는 것과 가장 유사한 사례는 독일의 총리 공관일 것이다.

독일의 총리 공관은 '분데스칸츨러암트(Bundeskanzleramt)'이다. 1989년 동서독을 가로지르는 장벽이 허물어지자 통일 독일은 새로운 시대에 알맞은 수도와 총리의 근무 공간이 필요했다. 독일은 베를린으로 수도를 옮길 때 4년에 걸쳐 총리 공관을 신축했다. 공관은 총 8층 건물로, 총리 집무실은 7층에 있고 관저는 8층에 있다. 이 건물에는 450여 명의 비서와 보좌진의 근무 공간이 함께 있다. 6층엔 각료 회의실, 5층은 외국 국가 원수 등과 오찬이나 만찬을 위한 대연회장, 4층에는 국가 위기에 사용되는 비상 대책 회의실과 상황실, 1층엔 32석 규모의 국제 회의장과 200명의 기자가 앉을 수 있는 홍보실이

독일 관저 배치도
대통령 관저
총리 집무실
비서실
내각 회의실
장관실

영국 다우닝가 10번지 배치도
비서실
보좌진 사무실
각료회의장
공보실
정보조사실
재무장관
집무실 및
관저
영국 총리
관저 및 집무실
12번지
11번지
10번지
← 다우닝가 →
9번지
보수당
원내총무
집무실

자리한다.

영국의 총리실은 '다우닝가 10번지'(이하 다우닝 10)로 불린다. 다우닝 10은 집무실과 관저의 역할을 동시에 한다. 독일 총리실이 8층 건물에 국무 수행을 위한 기능을 입체적으로 배치했다면, 영국의 다우닝 10은 국무 수행을 위한 기능이 수평적으로 집적되었다. 우선 다우닝 10의 건물 3층은 총리 가족의 주거 공간이다. 2층은 각료 회의장으로 30명이 넘는 각료들이 회의를 진행한다. 또 총리 비서실장을 포함한 핵심 보좌진의 사무실이 있다. 다우닝가 11번지에는 재무장관의 집무실 겸 관저가 있으며, 10번지(총리실)와 11번지는 건물 안쪽으로 연결된다. 9번지에는 법안 통과의 책임을 맡는 보수당 원내총무의 집무실이 있으며, 12번지 건물에는 공보실과 정보 조사실 등이 있다. 영국 총리의 관저는 국무를 수행하는 데 필요한 지원과 핵심적 논의를 빠르게 처리할 수 있도록 총리실과 인접한 곳에서 거주한다. 특히 재무부 장관과는 바로 옆집에 살면서 수시로 나라의 정책을 논의할 수 있도록 설계되었다는 점이 특이하다.

미국의 백악관은 워싱턴 D.C 중심부에 있어 국가 행정의 수반 기능을 수행할 수 있는 곳에 자리 잡았다. 반경 200m 내에는 연방 정부 행정처, 연방 정부 신용 조합, 연방 법원, 백

악관 역사 협회, 박물관, 역사 공원 등이 둘러쌌다. 대통령 관저는 긴 백악관 건물의 중앙부 2층에 위치해 대통령과 가족이 함께 거주한다. 서관에는 대통령 집무실과 비서실이 있어 방문객을 접견하고 필요한 업무를 처리한다. 동관은 영부인의 집무실과 각종 연회를 하는 공간이 있으며, 일반인의 참관이 허용된다. 백악관은 관저의 기능을 수행할 뿐만 아니라 예산국 등 직속 관청도 동일 건물 안에 위치해 대통령 산하 직속 기능들이 모두 집적되어 있다.

국가 정상이 중요한 의사 결정을 하는 데 있어 협의와 소통을 담당하는 부처와 참모의 위치는 중요한 요소다. 독일, 영국, 미국에는 대통령이나 총리가 생활하고 근무하는 공간을 중심으로 핵심 참모진들이 근처에 인접해 상호 소통을 위한 공간적 근접성이 높은 공간 구조를 지닌다. 반면 우리나라 청와대 집무실과 관저는 참모들이 근무하는 공간과 동떨어져 있다. 다른 나라의 공간 구조와 확연한 차이를 보인다.

긴박한 국제 정세 속에서 한 나라의 정상은 24시간 업무를 하도록 국가적인 사명과 사회적인 요구를 지닌다. 따라서 국가 원수의 공간도 그 요구에 따라 구성되어야 한다. 하지만 현재 우리나라의 청와대는 이와 거리가 멀다. 청와대 단지는 과거의 권위주의적인 사회를 유지·강화하는 관점에서 조성되었다.

청와대와 세종대로 VS 파리의 샹젤리제

청와대는 왜 지금의 자리에 지어졌을까? 어떤 연유로 국민들과 멀어져 고립된 곳에 위치하게 되었을까? 독일의 총리관저, 영국의 다우닝 10, 미국의 백악관 등 외국 대통령이나 총리의 집무실은 도심에 있다. 국민들이 일상을 보내는 공간과 그리 멀리 떨어지지 않았다. 대통령 집무실을 나서면 바로 시민들을 만날 수 있는 곳이다. 그에 비해 청와대는 국민의 삶과 먼 곳에 자리했다.

청와대의 대통령 집무실 2층에서는 광화문 앞 이순신 장군 동상을 중심으로 펼쳐진 남북 방향의 세종대로가 보인다. 세종대로는 600여 년 역사를 자랑하는 조선 시대부터 현대에 이르기까지 우리나라에서 가장 권위적인 공간이었다. 조선 시대에는 경복궁을 북악산 자락에 두고, 그 아래 남북 방향으로 정부 기관들이 위치한 육조거리(지금의 세종대로)를 만들었다. 한

경복궁과 청와대

양 도심을 굽어볼 수 있는 위치에 자리한 경복궁은 절대적 왕권을 상징하는 궁궐이었다. 일제 강점기 때 일본은 조선 총독의 관사를 경복궁 북측에 건설했다. 절대 권력을 상징하는 경복궁 위에 조선 총독의 관사를 지은 것이다. 이 자리가 지금의 청와대가 위치한 곳이다.

노태우 정부 시절에 조선 총독부 관사를 허물고 청와대를 건설했다. 세종대로의 경복궁 위쪽에 위치한 청와대는 국가의 절대 권력을 상징하는 공간에 자리 잡게 되었다.

세종대로는 파리의 샹젤리제와 닮은 점이 많다. 루브르 궁전은 파리 도심에 위치했고, 그 앞에 콩코르드 광장과 개선문이 동서 방향으로 일직선 뻗어 있다. 루브르 궁전과 개선문을 잇는 길이 샹젤리제 거리이다. 루브르 궁전은 약 800년 전에 지어졌는데, 1882년 프랑스의 왕 루이 14세가 베르사유 궁

파리의 샹젤리제 거리

전으로 거처를 옮기기 전까지 프랑스에서 가장 권위적인 공간이었다. 그러나 지금의 샹젤리제 거리는 전 세계의 관광객들이 와서 즐기는 쇼핑 공간이 되었다. 샹젤리제 거리에서는 매해 다양한 축제가 열린다.

세종대로도 변화 중이다. 세종대로는 2009년 8월 1일 대로 가운데에 시민을 위한 보행 공간을 조성하면서 달라지기 시작했다. 광화문 광장이 유럽의 광장과 달리 건물과 연접하지도 않고 아늑함이 없는 '거대한 중앙 분리대'라는 논란에도 불구하고 광화문 광장에 보행자를 위한 공간을 마련한 것은 정치적으로 매우 상징적인 사건이다. 우리나라에서 수백 년 동안 가장 권위적이었던 권력의 공간을 시민들에게 돌려주어 권력의 주체를 뒤바꾼 것이다. 이제 청와대도 대통령의 공간에서 시민의 공간으로 바뀌었다. 프랑스에서 왕의 처소를 루브르 궁전에서 베르사유 궁전으로 옮기고 절대 권력의 상징인 샹젤리제 거리가 시민의 거리로 변했듯, 세종대로도 정치적인 공간에서 시민 일상의 문화가 표출되는 공간으로 더욱 변화할 것이다. 청와대와 경복궁, 세종대로를 잇는 길이 만들어지고 이 길은 탈권위, 탈정치를 가속화하는 공간으로 자리매김할 것이다.

청와대를 지금의 위치에 재건축한다면

2022년 용산으로 이전한 대통령실과 한남동으로 이전한 관저는 언제까지 그곳에 있을 수 있을까? 미국, 영국, 프랑스, 독일 등의 국가 원수 집무실과 관저는 한 건물 안에 있다. 나라에 언제 어떤 일이 생길지 모르니 그들의 잠자리와 일하는 곳을 따로 구분하지 않는다.

어느 나라든 그 나라의 최고 지도자가 근무하는 곳은 국가적으로 중요한 공간이다. 국가를 운영한다는 측면에서 효율성도 중요하지만 집무실이 자리하는 위치의 상징성도 중요하다. 청와대는 1948년 이승만 대통령 시절부터 자리 잡았다는 역사성도 가진다. 그리고 삼청동의 청와대에는 영빈관과 같은 훌륭한 시설도 있고, 참모들이 근무할 수 있는 비서동 건물도 있다.

청와대 터를 활용하여 건물을 신축하고 리모델링한 새로

운 공간을 상상해 보자.

삼청동에 대통령의 공간을 어떻게 건축하는 것이 좋을까? 삼청동의 청와대는 국민에게 개방되어 보안 때문에 그대로 사용하기는 어렵다. 개방된 대통령실과 관저는 국민에게 돌려주고, 여민관(비서동)과 인접한 터에 집무실과 관저를 통합하여 일부 참모진들과 함께 사용할 수 있는 건물을 신축하는 건 어떨까?

최고 국정 운영 기관의 공간은 소통이 중요하다. 업무의 효율성 측면에서 대통령과 참모진 간의 의사소통이 원활히 일어나야 한다. 과거에는 청와대 내 집무실과 비서동을 이동할 때 주로 자전거를 탔고, 급할 때는 차로도 이동했다 하니 소통에 여간 장애가 아니다. 새로운 공간을 마련한다면 과거의 청와대처럼 별개의 건물이 아니라 한군데 모아져야 한다. 새 집무실을 기존의 비서동과 붙여 지어 참모들과 수시로 소통하고 우연한 만남이 쉽게 일어나도록 공간을 만들자. 집무실과 관저를 구분하지 않고 하나의 건물에서 일할 수 있도록 새 건물을 신축하여 기존의 비서동을 리모델링해 연결하자. 지금의 영빈관과 춘추관은 필요하면 리모델링을 할 수 있다. 일하는 공간과 쉬는 공간이 서로 붙어 있는 구조는 대통령이 느끼기에 안락하고 쾌적하지 않을 수 있다. 하지만 대통령으로 선출된 기간 동안 국민과 소통하며 국가를 위해 봉사하는 것이 대통령의 중요한 책무이기에 상징적 의미가 크다. 집무실과 관저를

청와대 재건축 대안

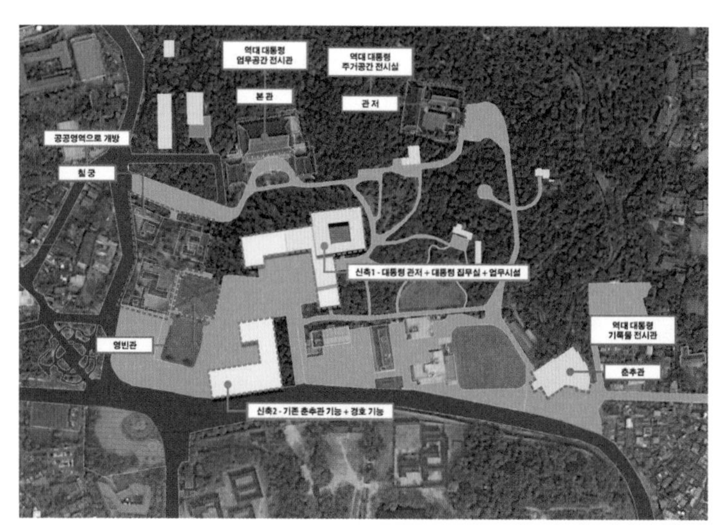

재건축 시 청와대 공간의 영역

함께 두면 이동에 따른 시간 소비를 최소화하고 경호의 부담도 덜 수 있다.

국민에게 개방된 청와대에서 새로 지어진 대통령의 집무실과 관저가 저 멀리 보인다. 북악산 자락의 가장 깊숙하고 높은 곳에 있는 청와대에서 국민이 대통령의 공간을 지켜볼 수 있다는 것은 무슨 의미일까? 국민이 국가 권력을 감시할 수 있으며 동시에 대통령은 국민과 항상 소통하고 교감할 수 있다는 뜻이다. 최고 권력자 대통령의 권력을 국민이 지켜볼 수 있는 공간적 구조가 형성된다. 이것이 공간과 정치의 적절한 조화다.

2장

청와대 산책

청와대 관람 안내

홈페이지 사전 예약 필수
만 65세 이상, 장애인, 국가 보훈 대상자, 외국인 현장 입장 신청 가능

위치

서울 종로구 청와대로 1

영업시간

화요일 휴관 | (3~11월) 09시~18시 | (12~2월) 09시~17시30분
(자연재해 시 청와대 권역 전부 또는 일부 관람 중지)

교통

❶ 지하철 3호선 경복궁역 4번 출구로부터 도보 15분

❷ 버스 정류장

삼청동 방면(춘추관 쪽)

춘추문 정류장으로부터 도보 2분 - (순환 버스) 01A
삼청동 주민센터 정류장으로부터 도보 6분 - (마을버스) 종로11

청운효자동 방면(영빈관, 청와대 사랑채 쪽)

청와대 정류장으로부터 도보 2분 - (순환 버스) 01A
경복고교 정류장으로부터 도보 4분 - (일반 버스) 1020, 7022, 7212
효자동 정류장으로부터 도보 6분 - (일반 버스) 1020, 1711, 7016, 7018, 7022, 7212

해설 안내

코스① 녹지원-상춘재-구본관터-본관-영빈관
코스② 상춘재-백악교-관저-구본관터-본관-소정원-영빈관

공식 홈페이지

https://www.opencheongwadae.kr/mps

청와대에서 시민 공원으로

지난 2022년 5월 10일, 청와대가 온전히 국민의 공간이 되었다. 청와대의 완전한 개방으로 광화문에서부터 북악산까지 이어지는 길은 새로운 명소로 자리매김 중이다. 서촌을 찾은 젊은이들, 북촌을 찾은 외국 관광객들, 북악산을 찾은 등산객들이 모두 어우러진 이색적인 풍경에 활기를 얻고 있다.

청와대는 중심 공간 본관을 비롯해 사계절 아름다운 풍경을 자랑하는 녹지원과 상춘재까지 다양한 볼거리를 자랑한다. 또 여민관이나 영빈관 등 건물의 흔적을 따라 청와대 내에서 생활하던 이들의 일상을 상상해 볼 수 있다. 마지막으로 베일에 싸여 있던 대통령 관저까지 개방되며 호기심을 더욱 자극했다.

과거 경복궁의 후원이었던 청와대 터는 북악산의 자연 경관과 내부 조경이 어우러진 멋진 시민 공원이 되었다. 녹음을 즐기기 위해 가볍게 방문하는 것도 좋겠지만, 청와대는 몇백 년의 역사가 깃든 곳이므로 되도록이면 전문가의 관람 해설을 신청해 구석구석 살펴보는 것을 추천한다.

청와대의 상징, Blue-House

북악산의 정남향에 자리한 청와대 중심 건물로, 대통령 집무와 외빈 접견 등을 위한 공간이다. 1991년 신축 당시 전통 목조 구조 궁궐 건축 양식을 바탕으로 현대적 요소를 가미했다. 궁궐 양식 중에서도 가장 아름답다고 알려진 팔작지붕 위에는 일반 도자기 한 장씩 유약을 발라 구워 낸 청기와가 있다. 이는 100년 이상을 견딜 수 있는 강도를 지녔으며 햇빛을 받으면 옥색을 띠기도 한다.

본관

본관을 짓게 된 이유는 다음과 같다. 광복 후 반세기 가까운 시간이 지났음에도 불구하고 일제 강점기 조선 총독이 거주하던 곳을 대통령 집무실과 관저로 사용한다는 것이 시대정신에 맞지 않다는 것이었다. 여러 전문가가 회의를 진행한 끝

청와대

에 1991년 당시 전통 궁궐 건축 양식을 바탕으로 신축했다. 우리 전통 건축은 대청마루, 안방, 사랑방의 크기 등 모든 것이 좌식 생활에 맞도록 설계되었기 때문에 본관을 신축할 때 전통과 현대적 요소를 조화시키는 데 많은 어려움이 있었다. 경복궁의 근정전같이 큰 건축물도 있지만 전통 한식 건물의 방은 대부분 2.7~3.6m 내외로 지어졌다. 그러나 본관은 크고 작은 행사나 회의, 외빈 접대 등을 위해 넓고 높은 공간이 필요했다. 이에 본관 중앙부에 2층의 한옥 양식 본채를 두고, 그 좌우에는 단층의 한옥 양식 별채를 배치하는 식으로 해결했다. 전통 목구조와 궁궐 건축 양식을 기본으로 팔작지붕을 올리고 총 15만여 개의 한식 청기와를 이어서 지었다.

역대 대통령들이 일하며 먹고 지냈던 공간을 찬찬히 살펴

보니 대통령의 생활이 머릿속에 그려진다. 특히 본관 천장 곳곳에 매달린 샹들리에는 화려함의 극치를 뽐낸다. 눈여겨볼 점은 방마다 조명과 샹들리에의 특성이 다르다는 점이다. 영부인의 집무실이자 접견실인 무궁화실의 샹들리에는 본관의 다른 샹들리에나 조명과 달리 나비와 꽃의 모양을 한다. 이처럼 방마다 조금씩 디테일이 다른 샹들리에와 조명을 찾아보는 재미가 있다.

이제 건물의 공간을 천천히 거닌다고 생각하며 청와대를 하나하나 살펴볼 차례다.

무궁화실 | 대통령 영부인 집무실과 접견실이 있는 공간이다. 본관의 다른 공간과 사뭇 느낌이 다르다. 역대 영부인들의 사진이 걸렸다.

인왕실 | 인왕산에서 이름을 따 온 이곳은 간담회, 오찬, 만찬 등이 열리는 소규모 연회장이 있다. 외국 정상 방한 시 기자회견을 하는 장소로 활용되기도 했다. 청와대 내에서 화려함의 극치를 뽐내는 장소 중 하나다. 천장 쪽의 전통 문양과 벽 한 편의 전혁림 화백의 파란 그림 그리고 3쌍의 샹들리에는 마치 이색적인 조합의 유럽 왕실 건물 내부를 보는 듯하다.

2층으로 올라가는 계단 중앙 | 한반도 지도 〈금강산수도〉가 있다. 대통령이 계단을 오르내리며 태백산 줄기, 소백산 줄기, 화려한 금수강산을 아우르는 한반도를 5년간 통치해야 한다는 사실을 매번 다짐하는 곳이기도 하다.

2층 중앙홀 천장 | 세계에서 두 번째로 만들어진 천문도, 〈천상열차분야지도〉가 보인다. 고려 시대 때부터 관찰된 별자리를 기록한 국보를 본떠 천장에 새겼다.

대통령 집무실 | 본관의 핵심 공간이다. 주로 이곳에서 대통령이 국정 현안을 살피는 집무를 보았다. 이 자리에서 대통령이 내린 결정에 따른 정책이 대한민국의 국가 발전에 영향을 끼쳤다. 역대 대통령들의 고민과 선택의 무게를 역력히 느낄 수 있는 곳이다. 대통령 집무실에는 총 3개의 문이 있다. 하지만 참모들이 들어올 수 있는 문은 딱 하나, 대통령 자리로부터 대각선으로 가장 거리가 먼 문이다. 문에서부터 대통령에게 가기까지 약 15m 거리가 있다.

접견실 | 대통령 집무실과 연결된 대통령과 외빈이 만나는 장소다. 외빈에게 드러나는 곳이니만큼 곳곳에서 소박한 한국 분위기를 찾아볼 수 있다. 동쪽 벽면에 오래도록 살고 죽지 않는다는 황금색 십장생 문양도가 있고, 나무 창틀과 문살 위에 한

지로 마감한 창문이 있다.

백악실 | 커다란 원형 테이블에 10명 정도의 인원이 둘러앉아 식사를 하고 만담을 나눌 수 있는 공간이다. 대통령 집무실에서 부속실을 거쳐 들어간다. 한미 정상 회담이 바로 이곳에서 열렸다.

집현실 | 접견실 행사 후 열리는 연석회의나 수석과 보좌관 회의를 위한 국무 회의실이다. 기다란 원형 테이블에 의자가 마주 보며 일렬로 배치되었고, 뒤편에 여분의 탁상과 의자가 있다. 이처럼 테이블의 모양, 의자의 개수와 배치, 조명 등으로 공간의 분위기를 특정 지을 수 있다.

별채

별채는 세종대왕의 통치력과 충무 이순신 장군의 호국 정신을 좌우에 새길 수 있는 공간이다.

(서측) 세종실 | 회의실이자 접견장이다. 국무 회의를 개최했으며, 역대 대통령들의 초상화가 걸려 있다. 바닥의 카펫에 새긴 한글은 백성들을 살피는 세종대왕의 애민 정신을 본받기 위함이다. 청와대 개방 이후 동측 충무실과 달리 민간에 공개하지 않는다.

(동측) 충무실 | 식당이자 만찬장이다. 임명장 수여식을 진행하거나 중규모의 오찬, 만찬장이 열리는 곳이다. 뉴스나 기사에서 대통령으로부터 임명장을 수여받거나 표창을 받는 등의 수여식을 진행한 곳으로 우리에게 익숙하다.

국가 행사를 치르는 대정원과 소정원

대정원은 본관 앞에 자리한 넓은 잔디 마당이다. 주로 대통령이 참석하는 야외 행사 무대로 사용되었으며, 국빈 환영식이 대부분 여기서 진행되었다. 각국 정상들이 오면 대통령들이 직접 맞이하는 공간으로 활용되었다. 개방 후에는 공연을 위한 용도로 쓰인다. 소정원은 본관에서 관저로 가는 길에 자리한 정원이다. 대정원이 거대한 잔디밭이라면, 소정원은 아기자기한 숲길이다. 문을 통과하면 영생을 누릴 수 있다는 불로문이 있는데, 창덕궁 후원에 있는 것을 본떠 만들었다.

사라져 버린 구 본관, 수궁터

1993년 이전까지 존재했던 구 본관의 역사를 지키는 공간이다. 현재의 수궁터는 조선 시대 당시 왕궁을 지키는 수궁(守宮)의 자리였다. 일제 강점기 조선 총독부는 이 수궁터에 총독의 관사를 지었으며, 광복 이후에는 미군정 사령부 하지 중장의 거처로 사용되기도 했다. 대한민국 정부 수립 이후 경무대, 청와대로 이름이 바뀌며 대통령 집무실 겸 관저로 사용됐다.

청와대는 이 수궁을 포함한 일대가 고려의 남경, 조선과 대한제국의 왕궁 유적이라는 점과 옛 청와대 본관이 대통령의 집무실로 사용되었다는 점을 기념하고 널리 알리기 위해 안내판과 기념 표석을 세웠다.

손님을 맞이하는 영빈관

대규모 회의나 외국 국빈들이 방한했을 때 공식 행사를 개최하는 곳이다. 1970년대 이후 대한민국을 방문하는 국빈들은 증가했지만 청와대 내에 만찬이나 연회 등 행사를 치를 공간이 마땅치 않아 여러 가지로 불편하고 국가 위상과도 걸맞지 않았다. 이뿐만 아니라 많은 인원이 참석하는 대규모 회의도 자주 열리게 되었는데 당시 청와대에는 마땅한 공간이 없었다. 따라서 청와대 내에 대규모 행사장을 갖춘 지금의 영빈관을 마련했다.

영빈관은 1978년에 준공된 건물로 청와대 내에서 가장 오래된 현대식 건물이다. 현대적인 콘크리트 건물 구조에 우리나라 전통 건축 요소를 가미했다. 지붕 차양 쪽에 자리한 콘크리트 서까래 문양이 그중 하나일 것이다. 현대식 공법으로 지은 건물은 경복궁의 경회루와 유사해 보이기도 하지만, 내부는 층고가 높아 화려한 샹들리에가 있는 유럽 왕궁을 떠올리게 한다. 18개의 돌기둥이 건물 전체를 떠받든 웅장한 형태다. 영빈관 전면에 세운 4개의 기둥에는 이음새가 없다. 바위를 통째로 깎아 바닥에서부터 2층까지 하나의 커다란 기둥으로 하중을 지탱한다. 통기둥은 1개의 중량이 60t에 달한다. 로마 판테온 신전의 전면 기둥도 높이 12.5m의 화강암 통기둥이다. 당시 로마인들이 고대 로마 신들을 기리며 판테온 신전을 만들었던 의미를 빗대어 본다면, 영빈관의 기둥도 이를 다듬고 운반하는 데 기울인 노력에 유사한 뜻이 숨었을 것이다. 내부는 무궁화, 월계수, 태극무늬가 형상화돼 있다. 1층과 2층에는 똑같은 홀이 있는데 1층은 접견장으로 외국 국빈의 접견 행사를 치르는 곳이다. 2층은 대규모 오찬과 만찬 행사를 하기 위한 만찬장으로 활용했다.

팔도배미 터

영빈관 정문에 서서 바라보면 널따란 앞뜰이 펼쳐진다. 길 하나를 가운데 두고 길게 뻗어 나온 경계 잔디가 8개의 터를 조각으로 잘라 놓는다. 예로부터 동아시아의 왕은 몸소 농사를 체험하고 권장하며, 풍년을 기원하고 풍흉을 살피려는 목적에서 왕궁 안에 논밭을 만들었다. 이에 고종은 논밭을 8구역으로 나누어 전답을 만들었는데, 이는 조선의 전국 8도(경기, 강원, 충청, 전라, 경상, 황해, 평안, 함경)를 나타낸 것이다. 이 논밭의 이름은 '팔도배미'로 불렸다. '배미'란 논두렁으로 둘러싸인 논의 한 구역을 일컫는다. 이곳에서 고종은 매년 봄 신하들을 거느리고

각 도에서 올라온 곡식의 종자를 심었다고 한다. 청와대는 이러한 역사에 근거해 영빈관의 앞뜰을 8개 권역으로 나누고, 옛 왕궁 정전에서 볼 수 있는 삼도와 품계가 나타난 마당을 만들었다.

대통령이 거주하는 곳, 관저

대통령과 그 가족이 대통령 재직 기간 동안 머무는 거처이자 집이다. 대통령의 공적인 업무 공간과 사적인 업무 공간을 구분하기 위해 건립됐다. 대문(인수문)을 통과해 들어서면 넓은 잔디 뜰이 가장 먼저 눈에 띈다. 전직 대통령이 잔디밭에서 키우던 텃밭의 흔적이 남아 있다. 잔디 뜰을 감싸는 팔작지붕의 겹처마에 한식 청기와를 얹은 ㄱ자형 한옥이 있다.

2022년 4월 24일 외교부 장관 공관으로 사용되던 공간이 대통령 관저로 선택되며 2022년 5월 10일 윤석열 대통령 취임 후 리모델링을 거쳐 대통령 관저로 탄생되었다.

인수문을 쭉 따라 들어서는 문은 관저의 정문이다. 그 문으로 들어가면 대통령의 일상이 생생히 느껴지는 생활 공간이 펼쳐진다. 인수문에서 꺾어 들어오는 길은 관저에 마련된 집무 공간이다. 두 공간은 바닥에 각각 마룻바닥과 카펫이 깔려 다른 공간으로 분리되었다. 눈여겨볼 만한 점은 사람들에게 휴식 공간으로 여겨지는 집에 회의실과 이발실이 마련되어 있다는 것이다. 시간을 쪼개 국민을 위해 밤낮없이 일하겠다는 다짐이 공간에 반영된 듯하다.

통일 신라 시대의 불상, 석조여래좌상

서울시 유형 문화재 제24호다. 높이는 약 130cm이며, 석굴암 본존불로 대표되는 통일 신라 시대 후기 불상 양식을 따른다. 지금의 대통령 관저 자리에 있던 것을 1989년 대통령 관저를 신축할 때 현재의 위치인 북악산 기슭으로 이전했다. 불상을 둘러싼 보호각은 제5공화국 초에 지었다.

흥선대원군의 정자, 오운정

경복궁 후원에 휴식을 위해 지었으며, 청와대에 남은 유일한 정자다. 1989년 대통령 관저를 신축할 때 대통령 관저 자리에 있던 것을 현재의 자리로 이전했다. 오운이란 오색(五色)의 구름으로 별천지, 신선 세계 등을 상징한다. 이 정자는 정사각형의 건물로, 지붕은 네 모서리가 한 꼭짓점으로 모이는 사모지붕 형태로 지어졌다. 천장은 오색으로 단장되었고 외부에도 주칠과 화려한 단청을 했다. 오운정에 있는 현판 글씨는 이승만 전 대통령이 썼다.

침류각

고종 때 신무문 밖 후원에 건립한 많은 건물 가운데 청와대 구역에 남은 유일한 건물이다. 침류각에서 '침류'란 '흐르는 물을 베개 삼는다'는 뜻이다. 건물 전면 기둥에 부착된 7개의 문답 형식의 시 내용을 보면 과거 이곳이 풍류를 즐기던 곳임을 알 수 있다. 외관은 팔작지붕에 'ㄱ'자 형태를 띠며, 앞면 4칸, 옆면 2칸 반의 몸채에 좌측 앞과 우측 뒤 각 1칸씩이 돌출돼 있다. 실내의 좌측에는 2칸의 대청마루가 있고, 우측에는 3칸 규모의 방이 있으며 그 앞쪽으로 1칸의 누마루가 있다. 1997년 12월 서울시 유형문화재로 지정되어 보호·관리되는 중이다.

정겨운 한옥 건물, 상춘재

본래 이곳은 일제 강점기 때 조선 총독 관사의 별관이었다. 제1·2공화국 당시 이곳에 20여 평 규모의 '매화실'이라는 청와대의 구 본관과 상춘실을 제외하고 별다른 의전용 행사 건물이 없었다. 박정희 전 대통령의 지시에 따라 1978년 3월 상춘실을 허물고 그 자리에 슬레이트 지붕으로 된 목조 건물을 신축하였다. 그리고 1983년 전통 한옥 양식으로 다시 지어 청와대 최초의 전통 한옥이 되었다. 이후 청와대를 방문하는 외국 손님에게 우리나라 전통 가옥을 소개하거나 의전 행사를 하기 위한 목적으로 지금의 상춘재를 새로 지었다. 이때 수령이 200년 이상 된 경북 봉화군 일대에서 자생하는 소나무를 건물의 재목으로 사용했다.

청와대 속 휴식 마당, 녹지원

청와대 경내에서 가장 아름답다고 일컫는 곳으로, 120여 종의 나무가 있으며 역대 대통령들의 기념 식수가 있는 곳이다. 본관 앞 대정원이 귀빈을 맞는 행사 등에 쓰인다면, 이 녹지원은 주로 좀 더 대중적인 행사에 쓰여 언론에 자주 비쳤다. 수령 170년 이상 된 높이 17m의 소나무가 있는 잔디 깔린 야외 행사장이 바로 이곳이다. 곳곳에 역대 대통령의 팻말이 적힌 나무들이 있으니 둘러보자.

이곳은 원래 조선 시대 경복궁 신무문 밖의 후원으로, 문무 관료의 과거 시험을 보는 장소로 이용되기도 했다. 일제 강점기에는 총독 관사의 정원이 되면서 가축 사육장과 온실 등의 부지로 이용되었다. 경제 발전으로 국력이 신장하고 경제적 여유가 생기면서 야외 행사장의 기능을 할 수 있는 공간이 필요해졌다. 그렇게 1968년에 잔디를 심고 녹지원을 조성했다. 초기의 녹지원은 약 5,000㎡ 규모였으나 야외 행사의 빈도가 늘어 1985년에 확장했다. 행사장뿐 아니라 일부는 텃밭으로 쓰이기도 하는데 이곳에서 재배된 보리와 밀, 메밀로 만든 차를 끓여 마시기도 했다.

대통령의 비서실, 여민관

대통령 비서실은 여민1·2·3관으로 이뤄졌다. 여민은 '여

민고락(與民苦樂)'에서 따온 이름으로 '대통령과 비서진이 국민과 기쁨, 슬픔을 함께 하는 곳'이라는 의미가 있다. 여민1관은 2004년에 완공됐으며 2관(구 신관)과 3관(구 동별관)은 각각 1969년, 1972년에 건립됐다. 기존 대통령 집무실인 본관과 여민관이 거리상 멀리 떨어져 있다는 문제가 지적되었고, 이를 반영해 여민1관에는 대통령 간이 집무실 등의 주요 시설이 배치되었다.

기자를 만나는 프레스 센터, 춘추관

청와대의 기자 회견장과 출입 기자실로 사용하던 곳이다. 춘추관은 본래 고려 시대와 조선 시대에 역사를 편찬하던 관청 이름이었다. '춘추'는 공자가 지은 유교의 핵심 경전인《사서오경》의 '오경' 가운데 하나이다. 청와대의 춘추관은 '엄정하고 비판적인 태도로 보도하고 홍보하여, 공정하며 진실된 역사를 남길 곳'이라는 뜻을 가졌다. 춘추관은 주위 경관과 잘 어울리도록 맞배지붕에 토기와를 올려 전통적으로 우아한 멋이 깃들었다.

이전에는 여민2관의 중앙 기자실을 기자 회견과 출입 기자실로 사용했다. 그러나 장소가 협소해 홍보와 보도에 불편함과 제약이 따랐다. 이에 대통령과 국민 사이를 가까이 연결하고, 상주 기자들의 대기 공간 등을 위해 1989년 5월 10일 착

공해 1990년 9월 29일 현재의 춘추관을 완공했다.

춘추관에 자리한 대형 북, 용고(龍鼓)

조선 시대 백성들은 왕에게 억울함을 직접 알리는 하나의 수단으로 왕궁 밖 문루에 매단 신문고를 이용한 바 있다. 청와대에서는 이러한 역사와 정신을 계승하기 위해 춘추관에 대형 북을 설치했다. 용고는 대전 출신 김관식 악기장의 작품이다. 김관식은 대전무형문화재 제 12호다.

칠궁

조선 시대 왕을 낳은 후궁 7인의 위패를 모신 왕실 사당이다. 왕을 낳았지만 왕비가 아니므로 종묘에 모실 수 없다. 그렇지만 왕이 향사하는 묘(廟)를 높여 사당 대신 궁(宮)이라 했다. 대표적인 사례가 육상궁이다. 원래 이곳은 영조가 생모 숙빈 최씨를 기리기 위해 1725년에 지은 사당을 숙빈묘(淑嬪廟)라 불렀다. 그리고 1744년에 '상서로움을 기른다'는 의미를 가진 육상묘(毓祥廟)로 변경했고, 1753년에 궁으로 승격해 육상궁이 되었다.

고종 7년 당시 합당을 진행했고, 그 이유를 다음과 같이 들었다.

1) 제사를 지내는 후손이 4대가 지나 고조모와 고조부는 새로운 제주(祭主)의 5대조로 되어 기제를 받들지 않게 됨.
2) 여러 곳에 흩어진 왕실 사당을 합하여 왕실의 재정을 절약하려는 것.

그 후, 칠궁의 조성 과정과 합사를 진행했다. 이 과정은 생모를 향한 역대 왕들의 효심(영조는 52년의 재위 기간 중 232회 육상궁을 방문했다는 기록이 있다)을 반영한다. 지극히 당연한 인간의 근본 도리인 효를 실천하며 그 본질 사상을 백성들에게 가르쳤던 생생한 교육 현장이었다.

칠궁에는 오래된 나무가 하나 있다. 삐쩍 마른 나무통에 잎이 피어난 신비로운 나무다. 줄기가 붉어 붉을 주(朱)자를 써서 '주목'이라 불린다. 주목은 "살아서 천년, 죽어서 천년, 썩어서 천년, 합해서 삼천 년을 간다."라는 속설이 생길 정도로 오랜 생명력을 가진다. 한라산, 태백산과 같은 높은 산에 오르면 보이는 신기한 분위기의 주목을 청와대에서도 만나 볼 수 있다. 수궁터 쪽에 있는 이 주목의 수령은 약 750년으로 보며, 고려 시대 때부터 자리를 지켰다.

칠궁은 크게 사당과 재실로 나뉜다. 칠궁의 사당은 옛 육

칠궁
ⓒ서자유 | 출처: 한국저작권위원회

상궁 정당이 있는 곳, 그리고 옛 육상궁의 별묘다. 이 칠궁의 사당을 참배하려면 정문을 지나 재실을 거치지 않고 외삼문과 내삼문으로 통과하는 방법이 있다. 또 재실에서 재계한 뒤 재실 뒤편에 있는 외삼문을 지나 내삼문으로 들어가는 방법도 있다. 즉 사당 구역으로 통하려면 모두 내외의 삼문을 통과하게 된다.

1968년 이후 일반인의 출입이 금지되어 왔으나 2001년 11월 24일부터 다시 일반인에게 공개되었다. 칠궁 관람은 문화재 보존과 효율적인 관리를 위해 청와대 관람과 연계하여 실시된다.

매년 10월 넷째 주 월요일에 '칠궁제'를 지낸다고 하니

10월 중에 청와대 방문을 예정한다면 참고하자. 칠궁은 청와대 옆에 위치하기 때문에 공간 방문은 청와대 관람 전이나 청와대 방문 이후 관람해야 한다. 청와대 관람 입장 이후에는 다시 나갔다 들어올 수 없으니 주의하도록 한다.

추성문 터

경복궁 북동쪽, 즉 청와대 춘추관 근처에 조선 시대 신무문 밖 후원 동쪽의 출입문인 춘생문이 있었다. 동문을 춘생이라고 부른 이유는 봄은 예로부터 동쪽을 가리키며, 생은 만물이 생성과 소생함을 상징하기 때문이다. 그리고 추성문은 경복궁 신무문 밖 후원의 서쪽에 있는 출입문으로, 추(秋)는 춘과 비슷한 의미로 서쪽을 의미한다. 현재 각 문의 터를 춘추관 인근 부근, 효자동과 삼청동을 잇는 청와대 앞길의 서쪽 진입로 부근으로 추정한다.

춘생문 사건

1895년 11월 28일, 을미사변의 반동으로 친미·친러파가 반일 분위기를 이용해 고종을 경복궁에서 구출하고, 미국 공사관으로 피신시키며 정권 교체를 꾀하려다 실패한 사건이다. 이는 후에 아관파천으로 이어진다. 춘생문 사건은 춘생문이 배경이 되어 유래한 이름이다. 여기에는 외국인 선교사 등도 참가하며 구 시위대 병력 800여 명이 움직였다. 그들은 건춘문을 통해 경복궁으로 들어가려 했으나 실패하고 삼청동으로 올라가 춘생문의 담을 넘어 들어가려고 했다. 그러나 당시 문을 열어 주기로 했던 사람이 변심하여 고종을 궁 밖으로 빼내려 한다고 어윤중에게 밀고했다. 이에 구 시위대 군인들은 대기하던 친위대의 반격을 받아 작전에 실패하고 만다. 일본은 이 사건에 서양인이 관련되었음을 언론에 보도하였고, 이를 기회로 을미사변 관련 일본인 주모자들을 증거 불충분으로 전원 석방시켰다. 이후 러시아 공사와 친미파 이완용 등은 고종에게 접근, 왕실의 안전을 위해 잠시 러시아 공사관으로 옮길 것을 종용했다. 고종은 그들의 계획에 동의하여 1896년 2월 11일 새벽, 왕과 세자가 궁녀의 가마를 타고 극비리에 러시아 공사관으로 피신했는데 이를 '아관파천'이라고 부른다.

궁장 터

앞에서도 언급했듯 청와대 터는 과거 경복궁의 정원이었다. 경복궁 신무문 밖 후원 지역에도 성벽을 둘러, 이 궁장의 흔적을 춘추관에서 북악산으로 가는 길 쪽에서 찾아볼 수 있다. 여러 자료에 의하면 동쪽의 외측 궁장인 춘생문의 담장은 국무총리 공관 쪽 능선과 연결되고, 내측 궁장인 춘화문에서 시작한 담장은 북으로 북악산 능선을 지나 서쪽 추성문으로 이어짐을 알 수 있다. 궁장의 길이는 698간(약 1,675m)에 이른다고 기록되었다. 현재의 청와대 주변 담장도 조선 고종 때 쌓은 후원의 궁장 터를 기초로 삼아 만들었다고 본다. 이것은 청와대 담장 기초 부위에 그대로 남은 장대석 등으로 추정해 볼 수 있다.

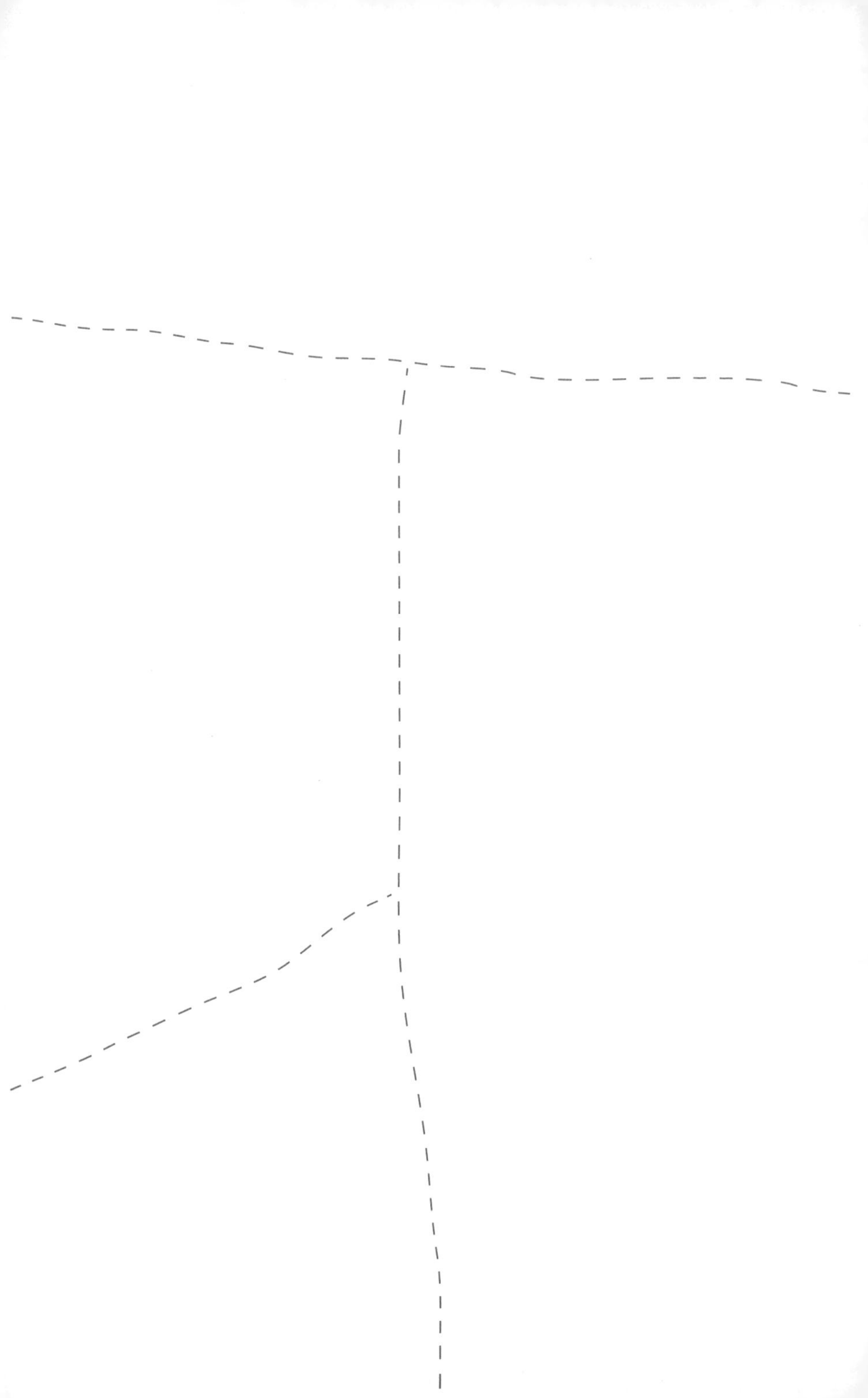

서촌과 북촌

2부

1장

청와대 주변의 마을들

청와대를 보고 난 뒤
서촌과 북촌을 둘러봐야 하는 이유

건물은 건축가의 작품관과 건축이 된 시기의 문화를 반영한다. 그러나 도시는 훨씬 더 많은 이야기를 우리에게 들려준다. 빼곡히 들어찬 도시의 길과 건물의 아름다운 경관은 우연으로 만들어진 것이 아니다. 오랜 세월을 거치면서 다양한 사람의 숱한 사연과 수많은 사건이 켜켜이 쌓여 만들어진다. 청와대를 둘러보고 난 뒤, 주변 동네를 천천히 걸어 보자. 바쁜 일상에서 벗어나 느긋한 마음으로 다정하고 소박한 두 마을, 서촌과 북촌을 만나 보자.

조선의 수도인 한양 도성의 경계는 북쪽으로 북악산, 남쪽으로 목멱산(남산), 서쪽으로 인왕산, 동쪽으로 대학로에 있는 낙산이다. 이 4개의 산인 내사산에 성벽을 쌓았다. 일제 강점기와 한국 전쟁을 겪으며 성벽이 소실되기도 했지만, 현재는 내사산 대부분의 성곽이 복원되었다. 청와대와 경복궁은 북악산을 등지고 한강이 보이는 배산임수의 전형적인 길지에 자리 잡았다. 북악산에서 내려다보이는 청와대와 경복궁을 기준으로 왼쪽이 북촌, 오른쪽이 서촌이다. 당시 북촌과 서촌은 궁궐에 인접한 주거지였다. 북촌은 경복궁에 출입하기 편한 곳에 위치했으며 조선 시대에 관직을 하는 양반들이 모여 살던 고급 주택가였다. 그에 비해 서촌은 문인, 화가, 천문학자 등 전문직 일을 하는 지식인들이 모여 살았다.

조선 시대 당시 북촌에 있던 사대부의 한옥 대부분은 소실되었다. 현재의 북촌 한옥은 일제 강점기의 부동산 개발업자이자 독립운동가인 정세권에 의해 지어졌다. 그는 북촌 이외에 '핫플레이스'로 자리매김한 익선동과 창신동에도 한옥을 집단으로 개발해 주택을 공급했다. 그는 1920년대 가회동 31번지 일대 대규모 필지의 북촌 한옥을 사들여 당시의 중산층이 구입할 수 있는 규모로 필지를 쪼개 한옥을 공급했다. 이는 그 당시 주택 공급에 큰 기여를 했을 뿐만 아니라 일제 강점기에 조선인들이 집단으로 모여 살면서 그 당시 건축 양식과 생활 방식을 지킬 수 있게 한 계기가 되었다.

현재 북촌은 다른 용도의 건물들이 섞이지 않고 주거용 한옥들이 집단으로 모여 있다. 우리나라 도심에 한옥이 대거양호한 상태로 남은 유일한 지역이다. 그러나 2000년대 이전만 해도 살기 불편한 한옥을 멸시하고 돈벌이에 수월한 다가구 주택을 짓는 것이 유행이었다. 서울시와 전문가들의 노력으로 한옥을 보존하기 위한 다양한 방안과 지원 정책이 시행되어 북촌의 한옥이 살아나기 시작했다. 오늘날 북촌로11길은 국내외 관광객을 위한 대표적인 명소가 되었다.

서촌은 북촌과 분위기가 사뭇 다르다. 북촌이 계획적으로 깔끔하게 만들어진 마을이라면 서촌은 자연 발생한 듯 꾸불꾸불한 좁은 골목에 작은 건물들이 밀집해 있다. 서촌의 골목길과 건물이 만들어 내는 분위기가 훨씬 더 인간적이라고 할까? 그래서 서촌에는 북촌보다 훨씬 더 다양한 업종의 가게들이 있다. 길을 걷다 한옥으로 된 찻집이 보이면 그 옆에 양옥의 다가구 주택이 있다. 곳곳에 서점이 있고 세탁소와 철물점, 시장도 있다. 노인분들이 집 앞에 의자를 내어놓고 서로 얘기를 나눈다. 서촌에는 다양한 용도의 작은 가게들이 있고, 그 속에 한없이 다정한 풍경이 존재한다.

어릴 적 숨바꼭질을 할 때 다락방이나 계단 아래에 숨은 경험이 있을 것이다. 휴먼 스케일(사람을 설계의 기준으로 삼는다는 의미의 건축 용어)의 공간에는 편안함이 있다. 이러한 공간에서 사람들이 아늑함을 느낀다. 그래서 사람들이 오래 머무른다. 다소 어수선한 것처럼 보이지만 서촌에는 왠지 모를 익숙함과 편안함이 있다. 우리가 해외에 관광을 갈 때 그 도시의 오래된 좁은 골목과 집들이 옹기종기 모인 곳을 발견하고 기뻐하는 것과 비슷하다. 이런 곳은 정겨운 사람 냄새가 나기 때문이다.

북촌 골목길 풍경

윤동주문학관과 더숲 초소책방

윤동주문학관은 인왕산 자락에 버려진 물탱크와 청운 수도가압장을 리모델링하여 재탄생한 곳으로, 윤동주 시인의 발자취와 세상을 향한 시선을 기억하고자 2012년 개관한 문학관이다. 이 공간을 리모델링한 건축가 이소진의 창작을 위한 고뇌가 느껴진다. 50년간 인왕산 자락을 지키던 초소 건물 두 곳은 책방 겸 카페가 되어 공공건물로 개방되었다. 수도가압장은 윤동주문학관으로, 인왕산을 지키던 초소는 커피 향이 나는 책방으로 거듭난 것이다. 두 건축물은 마치 운명적으로 비슷한 목적을 지닌 것처럼 문학관과 책방으로 변신했다. 기능을 다해 방치된 공간이 사람들이 사랑하는 공간으로 바뀌었다. 우리의 일상과 다소 거리가 있던 두 공간이 어떻게 우리에게 다가오는지 알아보자.

윤동주는 언제나 우리 가슴속 한편에 있는 청년 시인이다.

윤동주문학관
출처: 윤동주문학관 사진 제공

(좌) 최규식 서장의 동상
(우) 정종수 경사의 흉상

시간과 장소는 다를지 몰라도 한국인이라면 모두 그의 짧은 서시를 되뇌던 순간이 있다. 그를 만날 수 있는 곳이 여럿 있지만 인왕산의 윤동주문학관은 특별한 의미가 있다.

윤동주문학관은 낮은 산으로 둘러싸인 인왕산 자락에 있는 다소 담백한 백색 건물이다. 이곳에는 윤동주의 친필 원고와 편지, 사진 자료 들이 있다. 윤동주라는 시인의 고뇌와 아픔의 시간들이 수도가압장과 물탱크가 풍기는 공간의 느낌과 함께 호흡한다.

문학관에는 3개의 전시실이 있다. 첫 번째 전시실인 시인채에서는 윤동주 시인의 전반적인 인생을 살필 수 있다. 두 번째 전시실인 열린 우물은 윤동주 시인의 시 '자화상'에 등장하는 우물을 모티브로 용도 폐기된 물탱크의 윗부분을 개방하여 만든 공간이다. 물탱크를 이용하여 중정을 만들고 물이 찬 물의 흔적이 기억의 적층을 암시하기도 한다. 우물을 지나면 어둡고 습한 공간을 만난다. 수도가압장의 물탱크는 시인의 우물을 상징한다. 윤동주의 깊은 내면을 만나는 것을 상상해 본다. 고문으로 영혼을 잃어 가는 젊은 시인의 고통이 느껴져 가슴이 저린다. 우물로 바라보는 하늘은 희망이면서 동시에 절망이다. 우물과 독방 사이의 무거운 철문은 그가 겪은 절망의 상징과 같다.

건축가 다니엘 리베스킨드가 설계한 베를린의 유대인 박

물관이 떠오른다. 이 박물관에 방문하면 섬뜩한 경험을 할 수 있다. 나치 시대의 독가스와 고문으로 죽어 가는 유대인들의 입장이 되어 높은 벽과 높은 천장의 좁은 틈에서 한 줄기의 빛을 발견하는 경험을 할 수 있다. 빛 한 줄기에 희망을 갈구하면서도 오히려 영혼이 어둠의 나락으로 내던져질 수 있다는 절망을 경험하게 한다.

건물 뒤편 언덕에는 윤동주의 시비가 있다. 언덕에 올라서 문학관을 내려다보자. 이곳에서 젊은 시인 윤동주가 그의 암울하고 아름다운 영혼을 노래하는 소리가 들려오는 듯하다.

윤동주문학관을 뒤로하고 인왕산 길을 따라 10여 분을 걸으면 상상하지 못한 현대적인 건물과 마주한다. 더숲 초소책방이다. 초소라고 상상했을 때 칙칙할 듯한 이미지는 전혀 없다. 인왕산 초소는 1960년대에 건설되어 경찰이 50여 년간 청와대를 위해 경비하던 곳으로 쓰였다. 1층 규모로 지어진 특색 없이 평범하던 콘크리트 박스형 초소가 어떻게 이런 공간으로 변신하였는지 건축가의 창의성이 놀랍다. 기존 초소의 흔적이 건물 안팎에 남아 시간의 흐름을 느끼게 한다. 과거의 것이 남겨지고 그 모습이 우리 곁에 남는다는 것은 그 기억이 살아남는 것이다. 입구의 철제 출입문은 보초를 서던 그때 그 시절의 초소를 떠올리게 한다. 초소의 시멘트 벽돌 벽이 현대적인 유리와 철골로 거듭난 책방에서 시간의 기억을 되살린다. 다소

생경한 모습의 기름 탱크가 외부에 남아 있다. 아늑하게 앉아 원경을 보는 처마의 공간도 초소의 벽이 있었기에 가능하다. 통유리로 된 넓고 큰 벽은 인왕산의 큰 바위가 책방 안에 들어온 느낌을 준다. 안과 밖의 경계가 모호하게 느껴진다. 건물 안에 있으면서도 밖에 있는 듯하고, 밖에 있어도 건물 안에 있는 듯한 착각을 느끼게 한다. 단층의 단차를 이용해 2개의 층을 만들고 높은 쪽 초소 건물 옥상은 훌륭한 전망대를 제공한다. 광화문의 풍경이 한눈에 들어온다.

리모델링은 과거의 기억을 가진 공간에 시간의 켜를 쌓는 행위이다. 건축가는 수명을 다한 기존 건축물에 창작의 열정으로 새로운 생명을 부여한다.

왜 서촌에는 유독 예술인들이 많았을까?

조선 시대부터 서촌에는 예술인이 거주하거나 활동하던 장소가 많았다. 어떠한 공간적 매력이 있길래 유독 서촌이 조선 후기에서부터 근현대에 이르기까지 많은 문인과 화가의 활동 본거지가 되었을까? 예술가들의 활동은 어떠한 공간에서 꽃을 피울까?

서울의 강남은 바둑판 모양으로 도로가 짜여 있다. 강북은 꾸불꾸불하고 반듯하지 않은 공간들이 서로 얽혀 있다. 도시를 치밀하게 계획해 만든 강남은 시각적으로 서로 쉽게 노출되는 반면 강북은 꾸불꾸불한 골목과 오밀조밀한 집들이 모여 있는 탓에 쉽사리 한눈에 보이지 않는다. 모든 것이 밀집한 그 길을 따라 다양한 용도의 건물들이 혼재한다. 수많은 시간의 켜에 사람들의 활기 어린 삶이 곳곳에 있다. 이러한 대표적인 장소가 바로 서촌이다. 겹겹이 중첩된 역사의 켜, 작은 골목길, 자

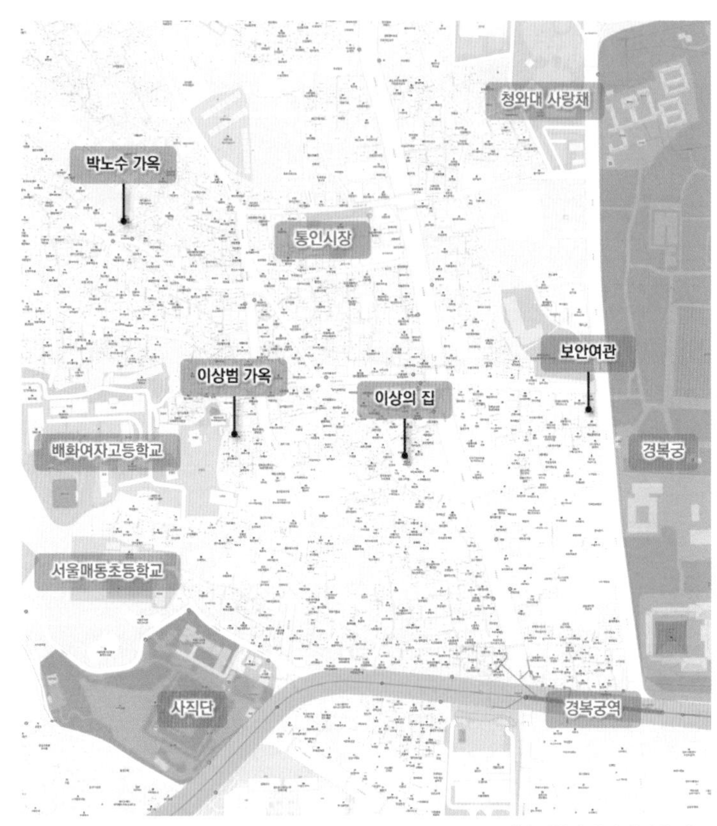

예술인들의 흔적이 남은 장소

그마한 필지와 집들, 인왕산 자락의 풍광이 한데 어우러졌다. 질서정연하게 계획된, 혹은 잘 정제된 환경은 예술인들의 창작 활동이 잉태되기에 척박하다. 조선 시대부터 서촌은 다양한 신분 계급이 어우러졌으며, 비교적 현대까지 예술인들이 주로 활동하는 무대였다. 지금도 서촌에는 그들의 활동이 고스란히 숨쉰다. 서촌 마을을 한 바퀴 돌면 여기저기 곳곳에 흩어진 예술인들의 흔적을 마주할 수 있다.

서촌의 치욕적인 공간,
이완용과 윤덕영의 흔적

도시로 여행을 가면 우리는 그 도시의 건축물을 본다. 사람들은 건축물을 보면서 많은 영향을 받는다. 건축물은 역사적 산물인 동시에 그 건물이 지어진 당시의 사회적·예술적 결정체이다.

어느 나라든 치욕의 역사를 상징하는 건축물은 사회적인 논란을 낳는다. 서대문 형무소를 보존할 것인지 혹은 치욕적인 역사의 상징이니 허물 것인지를 두고 입장이 갈리며 큰 논란이 있었다. 지금의 광화문 자리에 있었던 조선 총독부 청사도 김영삼 전 대통령 정부 시절 이러한 논란을 거쳐 과감히 철거했다.

이곳 서촌에도 치욕적인 역사의 흔적이 있다. 일제 강점기 우리나라에 도저히 어울릴 것 같지 않은 프랑스식 대저택이 서촌에 있었다. 인왕산 자락 옥인동 언덕 위 광화문을 발아래로 굽어보는 곳에 위치한 '벽수산장'이라는 저택이다. 어떻게 이처럼 생소한 프랑스식 대저택이 지어질 수 있었을까?

벽수산장이 위치한 인왕산 자락의 옥인동 일대는 도심에 있지만 빼어난 풍광으로 많은 사람이 탐을 내는 지역이었다. 더불어 조선 후기부터 수많은 문인이 이곳에서 활동했다. 사대부들이 독점하던 한문학에 반하여 조선 후기 중인들을 중심으로 문학적 시사 활동을 한 대표적인 시인을 '위항인'이라고 한다. 글자 그대로 위항(委巷)에 사는 사람이다. 위항은 꼬불꼬불한 거리와 작은 집 들이 모인 것을 말한다. 대표적인 위항 시인 천수경은 송석원이라 불리는 수려한 경관을 지닌 옥인 계곡 일대에서 많은 사람과 시사 활동을 했다. 천수경의 시사로 송석원이 그 동네 전체를 가리키는 명칭이 되었다. 대한 제국의 관료로 활동했던 윤덕영은 이후 바로 이곳을 차지해 벽수산장을 지었다. 송석원은 당시 많은 권력자가 소유하고 싶은 공간이었다.

이완용은 조선을 일제에게 팔아먹은 가장 대표적인 친일파로 알려졌다. 그러나 그에 못지않은 또 다른 대표적인 친일 인물이 윤덕영이다. 순정효황후의 백부인 윤덕영은 1910년 한일합방조약 당시 고종과 순종을 협박하며, 그의 누이동생인 순종효황후로부터 황제의 옥새를 빼앗아 이완용에게 이를 넘겨 조약을 날인하게 한 인물이다. 그는 그 대가로 일본에게

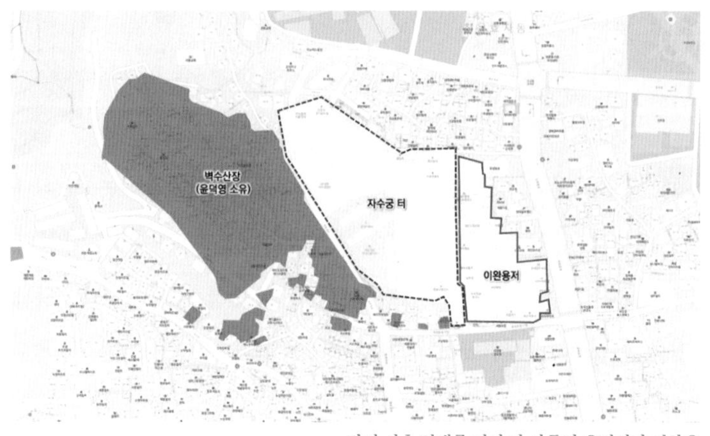

당시 서촌 일대를 거의 다 사들인 윤덕영과 이완용

5만 엔(현재 화폐 가치로 약 10억 원)을 받았다. 윤덕영은 일본이 준 은사금으로 지금의 옥인동 일대 절반가량의 땅을 매입했다. 당시 서촌의 땅은 윤덕영과 이완용이 거의 소유했다. 윤덕영은 경관이 수려한 인왕산 자락에, 이완용은 경복궁 바로 옆 일대의 토지를 친일의 대가로 사들였다. 하지만 이완용의 실제 배후였던 윤덕영은 이완용이 소유하던 면적보다 4배가량 더 많은 19,468여 평을 소유하였다. 수성동 계곡, 배화여자고등학교, 인왕산 자락을 포함한 서촌 옥인동의 약 50% 이상이 윤덕영의 집터였다.

독립운동가 민영환의 동생 민영찬이 대한 제국 공사로 파리에 있다가 입국할 때 프랑스 건축가에게 부탁하여 프랑스 귀족 별장의 설계도를 복사했다. 이후 윤덕영은 매국의 대가로 축적한 부를 가지고 송석원 터를 사들여 민영찬이 가져온 도면을 바탕으로 벽수산장을 계획한다. 조선 총독부 설계에 참여한 근대의 유명 건축가 박길용이 현장에 맞게 설계를 보완했다. 이 건물은 집이라고 하기에 어마어마한 규모를 지닌다. 약 587평의 대저택으로 지하 1층 208평, 지상 1층 222평, 2층 208평, 3층 157평 규모이다. 1913년부터 공사를 시작하여 1917년 완공했다고 전해진다. 비대칭적인 자유분방한 입면의 프랑스 르네상스 형식이라 할 수 있다. 외장재는 석재와 붉은 벽돌을 사용하였으며, 철재와 장식품, 타일 등은 독일에서 구입한 자재를 사용했다고 한다. '아방궁'이란 별칭을 얻은 벽수산장은 조선에서 가장 사치스러운 집이었다고 한다.

벽수산장은 인왕산 자락의 능선에 위치해 경복궁이 있는 곳에서도 그대로 보인다. 윤덕영은 권력과 재력의 과시를 위해 당시 조선에 유례가 없는 웅장한 규모의 프랑스식 대저택을 완성했다. 현재 윤덕영의 벽수산장은 사라지고 없지만 대저택의 일부였던 한옥 두 채와 일부 흔적이 남았다. 옥인동 47-133번지의 한옥은 당시 윤덕영의 소실 이성녀가 살았던 집으로 소실댁이라 불렸다. 해방 이후, 국유 건물이었던 소실댁은 1955년 서용택에게 일부 매각되면서 현재 서용택 가옥으로 남겨졌다. 또 다른 한 채는 옥인동 168-2번지의 한옥이다. 이 한옥은 윤덕영이 딸과 사위를 위해 1937년경 지어 준 건물로 원래 윤덕영의 소유였으나, 이후 맏사위인 김덕현에게 소유권이 넘어가면서 규모가 확장된다. 김덕현 가옥은 1970년대부터 거주한 박노수 화백의 이름을 따라 박노수 가옥으로 정해졌으며, 현재는 종로구에서 한국화의 거장 남정 박노수 화백의 미술관으로 이용된다.

서촌에는 벽수산장의 문간지주나 벽돌담, 아치의 흔적 일부가 방치된 상태로 있다. 이를 찾아가 보는 것도 아픈 역사를 되새기기에 충분하다. 옥인동 47-18번지 내부에는 당시의 다리 부재인 화강석 동자석 2기와 난간석 2기가 있다. 당시 문주는 4개였으나, 현재 3개만 남았다. 정문 좌측은 적벽돌 벽체가 연결되었으며, 현재 적벽돌 개구부 일부가 남아 당시의 흔적을 보여 준다.

벽수산장 다리의 난간석

동자석

북촌을 걸으며 만나는 건축물

과거와 현재는 어떻게 만나야 할까? 전통과 새로움은 어떻게 조화를 이뤄야 할까? 북촌에서 새로이 지어지는 건물은 이런 질문에 대한 고뇌의 산물이라고 할 수 있다. 한옥의 이미지가 강한 북촌에서 새로운 건축물을 디자인한다는 것은 건축가에게 엄청난 도전이다. 북촌에서 만날 수 있는 몇 개의 건물이 눈에 띈다.

안국역 1번 출구에서 나와 윤보선 길로 들어서면 서울공예박물관이 있다. 이 박물관이 자리한 터는 세종의 아들 영응대군의 집, 순종의 가례를 위해 건축된 안국동 별궁 등 왕가의 저택과 별궁이 있었던 곳이다. 약 70여 년간 자리 했던 풍문여자고등학교(이하 풍문여고)가 강남구 자곡동으로 이전하면서 남은 풍문여고 건물 5개 동을 리모델링했다. 건물의 외관은 따뜻

서울공예박물관

한 재료인 테라코타(라틴어로 구운cotta 흙terra에서 유래한 것으로, 도기나 건축용 소재 따위에 사용되는 점토 제품이다), 무늬 있는 대리석, 마사토 등으로 온기 있는 풍경을 경험할 수 있도록 설계되었다. 건물 못지않게 중요한 곳이 은행나무 언덕이다. 서울공예박물관과 북측의 어린이 박물관이 은행나무를 에워싸고 만들어 낸 마당이 있다. 은행나무 아래에 앉아서 감고당길을 바라보자. 아늑한 공간에서 느껴지는 편안한 기운과 오랜 역사가 스며든 땅이 수많은 얘기를 전한다.

서울공예박물관을 나와 윤보선 길을 따라 올라가면 끝자락에 송원아트센터가 있다. 한국의 대표 건축가 중 한 명인 조민석의 설계로 2012년 리모델링이 되었다. 북촌 중심가에 위치한 이곳을 자세히 보면 길이 세 갈래로 나뉘는 지점에 경사가 있는 삼각형 모양의 땅이 예사롭지 않다. 땅의 특성을 최대한 살리기 위해 건물이 자리했다는 것을 쉽게 알아차릴 수 있다. 건물은 보는 방향에 따라 모양이 모두 다르다. 한쪽에서 보면 직사각형, 반대편에서 보면 사다리꼴, 정면부는 예각의 뾰족한 삼각형이다. 콘크리트 혹은 석재 타일처럼 보이는 건물 표면은 두꺼운 아연을 입힌 철판을 무작위

송원아트센터

우드앤브릭

로 접어 만든 면이다. 강판으로 된 솔리드한 느낌의 외피로 감싼 매스가 공중에 살짝 떠 있다. 이는 미묘한 긴장감을 준다. 강판과 북촌은 이질적인 요소지만 잘 어우러진다.

송원아트센터와 접한 갈림길에서 동쪽으로 시선을 돌리면 한옥과 현대 건축이 조화를 이루는 우드앤브릭이 눈길을 끈다. 이곳을 설계한 황두진 건축가가 한옥과 현대 건축이 한데 어우러진 건축 설계를 선호하는 특성이 있어 현대적이지만 북촌 특유의 분위기와 잘 어우러지는 공간이 탄생하게 되었다. 외관 재료인 목재와 전벽돌로 그 사용 방식을 달리하여 과거와 현재를 표현했다. 이러한 의도는 가로와 맞닿은 입면에서 명확히 표현된다. 한옥의 기와와 벽, 목재로 된 양옥은 두 건물이 만나는 마당을 통해 하나의 연결된 이미지로 다가온다. 마당이 두 건물의 매개체이다. 과거와 현재가 만난다.

이러한 한옥과 양옥의 조화는 가회동 두 집(설화수 플래그십 스토어, 오설록 티하우스)에서도 조금은 다른 양상으로 나타난다. 1930년대 지어진 한옥과 1960년대 지어진 양옥의 리노베이션(기존 건물을 철거하지 않고 기본 골조를 그대로 두어 새롭게 변형하는 공사 수법)을 원오원 아키텍츠가 맡았다. 한옥 기와지붕과 유리로 만들어진 설화수 화장품 전시장이 2층의 높은 양옥을 배경으로 한다. 다른 시대에 지어진 두 건물이 어색한 것 같으면서도 화려하게 만난다. 한옥과 양옥 사이 공간에 서면 이질적인 요소

↑설화수 플래그십 스토어, 오설록 티하우스 설화수 플래그십 스토어↓→

오설록 티하우스

들이 뒤섞여 색다른 분위기를 만들어 내는 것을 체험할 수 있다. 현대적인 분위기의 조경이 두 시대를 연결한다.

'가회동 두 집'을 나와 북촌로를 따라 조금 더 올라가면 가회동성당을 만난다. 건물들의 크기는 마을의 이미지에 큰 영향을 준다. 비슷한 크기의 건물이 서로 이웃하는 모습은 조화롭고 아름답다. 가회동성당은 주변의 작은 건물들을 배려해 덩치 큰 성전과 사제관을 뒤편으로 숨기고, 건물을 3개의 동으로 나누었다. 성당에서는 신도들의 교류가 중요하다. 건축가는 건물뿐만 아니라 어떤 모습의 마당을 만들지 깊이 고민한다. 마치 사람들의 움직임과 시선을 담아 5개의 마당을 먼저 생각하고 건물을 만든 듯하다. 건물을 짓고 남는 공간이 외부 공간이고 마당이다. 많은 건축가에게 외부 공간보다는 건물의 형태가 우선이다. 이것으로 건물의 의미와 건축관을 표현하려 한다. 그러나 가회동성당은 다르다. 5개의 구분된 모양의 마당을 위해 건물의 모양과 크기, 건물 들로 에워싸는 마당의 위요감(둘러싸여 편안하고 아늑하다는 의미의 건축 용어)을 고민한 흔적이 보인다. 마당에 면한 한옥의 툇마루에 앉아 하늘을 보고 성당 본당을 보며 이곳에 찾아온 사람들을 보자. 마음의 평화가 여기에 있다.

가회동성당에서 북촌로를 따라 깊숙이 올라가면 삼청공원

가회동성당

숲속도서관 외부 전경

에 다다른다. 삼청공원 입구에는 건축가 이소진이 설계한 숲속 도서관이 소박하게 우리를 맞이한다. 공원의 오래된 나무 사이에 마치 오래전부터 있던 것처럼 도서관 건물이 살포시 있다. 도서관은 땅, 나무, 숲, 바람의 이야기를 듣는다. 흘러가는 시간과 자연, 사람들의 진솔한 삶의 이야기를 듣는다. 이는 우리나라 전통 건축의 공간 기법이다. 건축가의 고통스러운 절제가 있어야 덜어 낸 아름다움이 생긴다.

자연과 역사는 우리 인간이 있기 훨씬 더 오래전 그 자리에 있었다. 북촌에는 화려하지 않아도 한옥들이 전해 주는 장소의 이야기, 공간의 정체성이 있다. 건축가는 욕심을 덜어 내고 이를 받아들여야 한다. 자본과 인간의 욕망에서 깨어나야 한다. 그래야 북촌을 지킨다.

도서검색대
SEARCH

숲속도서관 내부 전경

영화 속의 청와대 주변 마을

'로케'라는 말은 '로케이션(Location)'의 줄임말로 사실적인 영상을 제작하기 위해 세트가 아니라 현장에 나가서 영화나 드라마를 찍는 촬영 방식이다. 실제 건물이나 골목길, 도시 등이 지닌 분위기와 매력은 세트장만으로 대체될 수 없다. 로드무비(장소를 이동하며 이야기가 진행되는 촬영 방식)의 경우 더욱더 그렇다. 이처럼 영상에 담길 좋은 장소를 구하는 것은 너무나 중요하다. 영화에서는 이를 '로케이션 헌팅'이라고 하며, '로케이션 헌터'라는 전문가도 있다.

영화는 이차원적 매체다. 스크린이라는 평면적인 장치로 느낌이 전달된다. 실제 건물이나 골목길 등 도시의 공간은 삼차원적이다. 입체적인 도시 공간 속의 경험을 평면적으로 묘사하는 영상에 제약이 있지만, 피사체를 어떻게 촬영하는가에 따라 다양한 공간의 깊이를 만들기도 하고 시간의 체험을 압축적으로 보여 줄 수도 있다. 같은 골목길을 배경으로 음악과 장면의 순간적인 변화, 장면의 중첩 등 다양한 기술로 숨 막히는 긴장을 만들기도 하고 느긋한 평화로움을 자아내기도 한다. 청와대와 경복궁 주변의 마을은 개발의 제약이 많다 보니 전통적인 골목길과 건물 들이 많아 남았다.

1908년에 개교한 계동의 중앙고등학교는 근대 초기 양식으로 설계되었다. KBS 드라마 〈겨울연가〉의 주인공 준상(배용준)과 유진(최지우)이 다녔던 학교이며, tvN 드라마 〈도깨비〉의 주인공 지은탁(김고은)이 다니는 학교로 나오기도 한다. 또 SBS 드라마 〈그해 우리는〉에서 주인공 최웅(최우식)과 국연수(김다미)의 학창 시절 학교로 소개되기도 했다. 중앙고등학교는 1908년에 기호 흥학회가 애국 계몽 운동의 목적으로 교육을 통해 나라를 구하고, 다시 세워 융성하게 하려는 일념으로 설립한 학교이다. 학교에서 추구하는 교육의 이념은 교사의 학급 배치와 교실 내 책상과 교단의 배치에서도 나타난다. 고전적인 분위기의 재료를 사용한 대칭적인 건물, 교사로 둘러싸인 간결하며 정형화된 정원과 외부 공간, 학교 정문에서 바라보는 엄숙한 분위기의 본관(교무실) 등에서 그 당시 처한 대한 제국의 운명을 타개하기 위한 계몽적 교육의 의지를 느낄 수 있다. 본관 건물은 사적 제281호, 서관은 사적 제282호, 동관은 사적 제283호로 지정되어 있다. 중앙고등학교 인근에는 드라마 〈별에서 온 그대〉에서 장변호사(김창완)와 도민준(김수현)이 이야기하며 걷는 산책 코스로 주로 등장한 삼청공원이 있다.

가회동의 백인제 가옥은 영화 〈암살〉에 등장한다. 일본식 요소를 절충한 이 집은 당시 최고급 가옥으로 영화에서 강인국(이경영)의 집으로 나오는 장소다. 북촌이 한눈에 내려다보이는 대지 위에 한옥의 전통 건축 방식과 일본 건축 양식을 접목해 지었다. 을사오적 중 한 명인 이완용의 외조카가 당시 집 주인이었다. 한성은행 전무였던 한상룡은 인근의 가옥 12채를 구입해 약 770여 평에 이르는 규모에 1906년부터 집을 지었다. 그는 당시에 영향력이 큰 일본인과 한국인을 불러 자신의 세력을 과시했다. 양반의 권위를 상징했던 솟을대문은 여느 집과 다르다. 주변의 담장 혹은 행랑채보다 높게 지은 솟을대문은 보통 양반의 한옥에 비해 훨씬 높이 지어졌다. 한옥에서는 외부 손님을 맞는 사랑채가 사회적 지위를 과시하는 중요한 공간이다. 이 집은 큰 크기뿐만 아니라 당시 한옥에서 생소하게 여겨진 유리를 사용하는 점이 특이하다. 또 전통 한옥과 달리 사랑채와 안채가 툇마루 형태의 복도로 연결된다. 일반적으로 조선 시대에 남녀가 유별하여 사랑채와 안채가 별도의 건물과 마당을 갖는데, 이 집은 밖에서 보이지 않게 두 건물(바깥주인과 안주인)이 내밀하게 소통하는 형태를 가졌다. 중세에 지어진 유럽의 대저택에도 방문객들이 알아차리지 못하도록 은밀한 연결 공간이 존재한다. 가옥의 가장 높은 곳에 있는 별채

백인제가옥

백인제 가옥

에는 북촌이 한눈에 내려다보인다. 여기서 북촌을 내려다보면서 친일파 한상룡은 무슨 생각을 했을까? 일제 강점기의 아픈 역사에 가슴이 저민다.

2장

서촌, 북촌 산책

서촌을
걷다

청와대 사랑채와 분수대 광장

청와대 사랑채는 청와대와 대한민국 역대 대통령의 발자취를 살펴볼 수 있는 종합 관광 홍보관이다. 서울 나들이, 문화 예술을 즐기는 산책길의 시작이다. 이곳에서 아름다운 한국의 문화와 여행지를 소개하는 두 가지 테마로 구성된 전시를 구경할 수 있다. 연중 다양한 특별전과 체험 행사가 열리면 야외에 있는 청와대 분수대 광장과 수려한 자연 경관이 어우러져 오는 이들에게 즐거움을 가득 선사한다. 관광객들의 도심 속 힐링 공간으로, 데이트 코스나 가족 나들이 장소로 꾸준히 인기를 끄는 중이다. 이곳 청와대 사랑채에서 보고 느끼고 체험하며 전통과 현대가 어우러진 공간을 만나 볼 수 있다.

위치
서울 종로구 효자로13길 45

시간
09:00 ~ 18:00

휴무일
매주 화요일

입장료
무료

대중교통
3호선 경복궁역 4번 출구, 청와대 방면으로 약 800m(도보 12분)

무궁화동산

무궁화동산은 옛 중앙정보부의 궁정동 안전 가옥 터에 마련된 시민 휴식 공원이다. 청와대 구내로 출입이 금지되었던 곳이었으나 1993년 청와대 앞길이 개방된 뒤 시민 공원으로 조성되었다. 태극무늬로 무궁화를 심었으며, 중앙에 궁정동을 상징하는 우물 정(井)자 분수대가 있다. 주변에 자연석으로 성곽을 만들고, 240m의 산책로 주위에는 화단을 만들어 놓았다. 화단에는 전국 각지의 야생화 7,700그루를 심었으며 무궁화와 소나무, 느티나무 등 수목 13종 1,500여 그루를 심어 놓았다. 주변 곳곳에 벤치가 있어 인근에 거주하는 주민들의 휴식터로 이용된다.

위치
서울 종로구 지하문로26길 10
대중교통
3호선 경복궁역 3번 출구, 도보 16분

효자베이커리

서울시 제과 제빵 명인 인증을 받은 유재영 명인의 효자베이커리는 1985년부터 시작한 오래된 서촌의 빵집으로 통인시장 입구 바로 옆에 위치한다. 서촌 통인동 '빵지순례('빵'과 '성지순례'의 합성어)' 필수 코스이며 소박하지만 맛있는 빵집이다. 청와대 경호실에 납품했을 정도로 서촌에서 유명한 이곳은 콘브레드, 어니언 크림 치즈 슈 소보로, 발효종 무화과 빵이 가장 인기를 끈다. 이 밖에도 다양한 빵을 만나 볼 수 있다. 단과자 빵, 도넛, 구운 고로케 등 옛날 빵집에서 맛볼 수 있던 빵들부터, 요즘 인기 있는 발효 빵, 베이글까지 준비되어 선택의 폭이 넓다.

위치
서울 종로구 필운대로 54

시간
08:00 ~ 20:20 (빵 소진 시 마감)

휴무일
월요일

대중교통
3호선 경복궁역 2번 출구, 도보 11분

상촌재

상촌재는 경복궁 서쪽 지역 세종마을의 옛 명칭이며, 전통이 살아 숨 쉬는 한옥 문화 공간이다. 전통문화의 우수성을 알리는 전시와 함께 한복, 한글, 전통 공예 등 한(韓)문화 콘텐츠 활성화를 위한 거점 공간이다. 상촌재는 장기간 방치된 경찰청 소유의 한옥 폐가를 종로구에서 2013년 매입해 1년여에 걸쳐 복원하고, 2017년 6월에 개관한 전통 한옥 문화 공간이다. 19세기 말 전통 한옥 방식으로 조성된 상촌재는 세계적으로 인정받는 난방 기술인 온돌과, 합리적이고 과학적인 언어인 한글의 우수성을 널리 알리는 전시 공간이기도 하다.

위치
서울 종로구 지하문로17길 12-11

시간
09:00 ~ 18:00

휴무일
월요일, 1월 1일, 설날, 추석날

입장료
무료

대중교통
3호선 경복궁역 2번 출구, 도보 12분

통인시장

통인시장은 오래된 전통의 골목형 재래시장이다. 일제 강점기인 1941년 효자동 인근의 일본인들을 위해 조성된 공설 시장을 모태로 만들어졌다. 1950년 한국 전쟁 이후 서촌에 인구가 급격히 증가함에 따라 옛 공설 시장 주변으로 노점과 상점이 들어서면서 시장의 형태를 갖추게 되었다. 2005년 '재래시장 육성을 위한 특별법'에 따라 인정 시장으로 등록된 뒤 현대화 시설을 갖추었고, 2010년 서울시와 종로구가 주관하는 '서울형 문화 시장'으로 선정되었다. 점포 수는 70여 개로 식당·반찬 가게 등 요식 업소가 가장 많고, 채소·과일·생선·정육 등 1차 생산품을 판매하는 업소가 그다음이며, 그 밖에 내의·신발 등의 공산품, 옷 수선, 가방과 구두 수선 업소 등이 있다. 시장의 활기를 느껴 봤다면 고개를 들어 천장을 살펴보자. 통인시장 천장에서 정겨운 우리 민화 속 동물들을 만날 수 있다.

위치
서울 종로구 지하문로15길 16

시간
매일, 07:00 ~ 21:00 (점포별 상이함.)

대중교통
3호선 경복궁역 2번 출구, 도보 5분

대오서점

서촌 골목길 한 자락에 오랫동안 묵묵히 자리를 지키고 있는 대오서점은 서울에서 가장 오래된 헌책방이다. 낡은 간판, 미닫이문, 비좁은 공간 등 오래전 모습 그대로를 간직 중이다. 1951년에 개점한 대오서점이란 이름은 처음 이 서점을 개업한 부부 조대식 할아버지와 권오남 할머니가 서로의 이름 한 글자씩 따서 지었다. 영화 〈상어〉의 촬영지이며, 가수 아이유의 '꽃갈피' 앨범 재킷 촬영 장소로 유명세를 얻었다. 할머니, 할아버지가 돌아가신 현재는 책은 팔지 않고, 2016년부터 외손자 정재훈 씨가 북카페로 개조해 운영 중이다.

위치
서울 종로구 지하문로7길 55

시간
매일, 12:00 ~ 21:00

대중교통
3호선 경복궁역 2번 출구, 도보 8분

대림미술관

대림미술관은 서울특별시 종로구에 위치한 미술관이자 전시 공간이다. 대림문화재단이 소유한 미술관 중 하나로 용산구 한남동에 분관인 디뮤지엄을 두었다. 1997년 대전광역시에 조성된 국내 최초 사진 전용 전시관 '한림미술관'을 2002년 서울로 이전하면서 출범하였다.

서울 이전 직후 사진 중심의 기획전을 주로 선보였으나, 2010년 이후부터는 현대 사진과 디자인을 포함해 다양한 예술 장르를 넘나드는 감각적인 전시를 소개하며 그 영역을 확장 중이다.

위치
서울 종로구 자하문로4길 21

시간
화, 수, 목, 일 11:00 ~ 18:00 | 금, 토 11:00 ~ 19:00

휴무일
월요일

대중교통
3호선 경복궁역 3번 출구, 도보 5분

보안1942

보안여관은 우리나라 근대 문학이 잉태된 공간이다. 경복궁 옆 영추문을 마주한 곳에 보안여관이 있다. 일제 강점기부터 2002년까지 약 60여 년간 수많은 문인이 여관에 투숙했다. 이곳은 젊은 예술가들의 쉼터였다. 1936년, 미당 서정주도 이곳에 머물며 김달진, 김동리, 오장 등과 문학 동인지 〈시인부락〉을 창간한 역사적 공간이기도 하다. 과거 문인들은 집필실 대신 보안여관에 장기 투숙하며 이곳에서 회의하고 연재소설을 완성했다. 지방에서 올라온 가난한 문인들은 이곳에 짐을 맡기거나 우편물을 받을 주소로 보안여관을 이용하기도 했다.

ⓒ유용진 | 출처: 보안1942 제공

보안여관

1942년 숙박업소로 시작한 보안여관은 2007년에 전시 공간으로 탈바꿈하며 증축과 리모델링을 거쳤다. 오래된 목조 건물이었던 보안여관 좌측에 새로운 건물을 짓고 두 개의 건물은 2층에서 다리로 연결시켰다. 2017년, 두 개의 건물은 '보안1942'라는 새로운 문화 공간으로 거듭났다. 오랜 세월 동안 문인들의 열정적인 삶의 흔적이 깃든 구관(보안여관)은 양옥 건물이긴 하나 한옥의 지붕과 벽, 방바닥 그리고 일제의 흔적인 벽체가 그 당시의 낙서와 찢긴 벽지 등과 함께 고스란히 보존되었다. 카페 보안, 서점(보안책방), 전시 공간(보안1942)과 더불어 3, 4층에 위치한 보안스테이는 컬쳐 노마드들을 위한 가장 이상적인 임시 거주의 형태를 구현하고자 만들어졌다. 이곳에서 북악산과 경복궁, 청와대, 서촌의 한옥 등 주변 공간의 특색 있는 풍경을 감상할 수 있는 매력적인 전망을 지닌다. 내부 객실은 휴식과 이완을 극대화할 수 있는 간결하고 절제된 구조와 색감을 가졌다. 이를 바탕으로 한국을 대표하는 현대 예술가와 디자이너의 작품과 가구 들로 공간이 구성된다.

ⓒ유용진 | 출처: 보안1942 제공

보안여관

위치
서울 종로구 효자로 33

시간
12:00 ~ 18:00

휴무일
매주 월요일

입장료
무료

대중교통
3호선 경복궁역 3번 출구, 도보 7분

그라운드시소

그라운드시소는 전시 제작사 '미디어앤아트'에서 전시와 문화 공간 비즈니스를 위해 새롭게 런칭한 서촌의 대표 복합 문화 공간이다. 어디선가 들어 본 적 있는 친숙한 소재를 놓치지 않고 발굴해 관람객들이 즐길 수 있는 색다른 경험을 선보이는 플랫폼이다. 사물을 바라보는 방식을 이해하고 공감하는 것을 중요하게 생각한다. 시소는 중앙의 무게 중심을 기준으로 양쪽 무게에 따라 균형 있게 움직이는 오브젝트로, 놀이터에서 보냈던 즐거운 추억을 떠올리게 하는 감성적인 소재다. 그라운드시소는 이러한 시소에서 모티브를 얻어 이전에 보았던(Saw) 것을 새로운 관점에서 다시 보는(See) 플로우를 전시에 녹아냈다.

위치
서울 종로구 지하문로6길 18-8

시간
매일, 10:00 ~ 19:00 (입장 마감: 오후 6시)

휴무일
매달 첫째 주 월요일 휴관

입장료
전시별 상이함.

대중교통
3호선 경복궁역 3번 출구, 도보 4분

재단 법인 아름지기

아름지기는 우리 전통문화의 아름다움과 가치를 일깨워 현시대의 생활 문화에 올바르게 적용하고 이를 세계에 알리기 위해 활동하는 비영리 문화 단체가 건립했다. 이 공간은 과거, 현재, 미래를 관통하는 우리 문화의 정수를 깊게 탐구한 모범 사례로 꼽힌다. 2013년 6월, 재단 법인 아름지기의 사무국이 통의동으로 이전하며 신사옥을 짓게 되었다. 아름지기의 신사옥은 효자로를 사이에 두고 경복궁과 마주하며, 주변에는 미술관과 행정 시설, 주택, 한옥 등 크고 작은 용도의 건물이 있다. 아름지기 빌딩은 사회의 변화에 따라 다양한 프로그램을 유연하게 담을 수 있는 공간으로 구성했다. 각 공간은 프로그램의 규모와 성격에 따라 다양한 이용이 가능하며, 공간의 일부를 변화 가능성에 대비해 능동적으로 대응할 수 있도록 확정되지 않은 공간으로 구성했다.

위치
서울 종로구 효자로 17

시간
전시 및 프로그램별 상이함.

입장료
프로그램별 상이함.

대중교통
3호선 경복궁역 3번 출구, 도보 4분

세종마을 음식 문화 거리

1961년 문을 연 금천교시장은 이웃한 통인시장에 비하면 규모가 작고 볼거리가 적지만, 현재 '세종마을 음식 문화 거리'로 이름을 바꾼 뒤 일명 '먹자골목'으로 더 많이 알려졌다. 이름은 세종대왕이 태어난 곳이라는 역사적 사실로부터 지어졌다. 옛것과 새것이 공존하는 재래시장이며 전통 음식부터 퓨전 요리까지 골라 먹는 재미가 있다.

세종마을 음식 문화 거리로 들어가면 약 400m 거리의 길 양옆으로 오래된 점포와 현대적인 감각이 돋보이는 100여 곳 이상의 맛집들이 적절하게 조화를 이룬다. 최근 서울의 새 명소로 자리를 잡게 된 데에는 젊은 상인들의 힘이 컸다. 또 이곳은 옛 전통 시장의 면모를 간직하면서 젊은이들이 선호할 만큼 시장이 세련되어 꾸준히 인기를 끄는 중이다.

위치
서울 종로구 지하문로1길 24
시간
점포별 상이함.
대중교통
3호선 경복궁역 2번 출구, 도보 1분

겸재길

정식 명칭 필운대로인 겸재길은 옥인동 군인 아파트에서 종로장애인복지관까지 이르는 560m 구간으로, 조선 후기 문인 화가 겸재(謙齋) 정선(鄭敾)의 업적을 기억하기 위해 그의 호를 도로명에 붙인 데서 유래되었다.

겸재는 1676년 청운동에 위치한 경복고등학교 근처에서 태어났으며, 옥인동 일대는 그가 52세부터 84세까지 살던 집이 있었다. 그는 조선 후기 〈진경산수화〉의 대가로서 우리 산천의 아름다움을 그림으로 표현하는 데 가장 알맞은 고유 화법을 창안한 화가다. 대표작인 〈인왕제색도〉와 같이 인왕산을 배경으로 한 그림이 많은 것은 그의 근거지가 인왕산 일대였기 때문이다. 종로구는 겸재 고유의 화풍을 기억하고 예술의 마을로 가꾸어지기를 소망하면서 2017년 명예 도로명 '겸재길'을 지정했다.

위치

서울 종로구 필운대로61 ~ 필운대로116

대중교통

3호선 경복궁역 2번 출구, 도보 15분

서촌재

옥인길의 랜드마크이며, 서촌의 길을 걷다 마주하는 한옥 건물이 축대에 붙어 있는 아담하고 소박한 갤러리이다. 이곳에서 수많은 작가가 개인 전시를 진행했으며, 현재도 다양한 전시가 있어 취향껏 즐길 수 있다. 1년에 서너 번만 전시하는 작은 갤러리이기 때문에 방문하기 전 미리 전시 진행 상황을 물어 보고 가도록 하자.

위치
서울 종로구 옥인길 65

시간
전시별 상이함.

입장료
무료

대중교통
3호선 경복궁역 2번 출구, 도보 15분

윤동주 하숙집 터

서울시 종로구 누상동 9번지에는 민족 시인 윤동주의 발자취가 남아 있다. 1941년 당시 연희전문학교(현 연세대학교)에 재학 중이던 윤동주는 자신이 존경하는 소설가 김송이 살던 이 집에서 대표적인 국문학자이자 수필가인 정병욱과 함께 하숙 생활을 했다. 〈별 헤는 밤〉, 〈자화상〉 그리고 〈또 다른 고향〉 등 지금까지도 사랑받는 그의 대표작들이 바로 이 시기에 쓰였다. 아쉽게도 당시의 한옥은 없어지고 현재 3층 규모의 다세대 주택이 들어서 과거 집의 원형은 찾아볼 수 없지만, 윤동주가 하숙하던 집이라는 표식으로 그의 발자취를 느낄 수 있다. 윤동주 하숙집 터를 둘러보고, 부암동 가는 길목에 마련된 윤동주문학관에서 그의 작품을 만나 보자.

위치
서울 종로구 옥인길 57

대중교통
3호선 경복궁역 2번 출구, 도보 15분

박노수 가옥(종로구립 박노수미술관)

동양화의 대가로 불리는 남정 박노수 화백은 한국 전쟁 후 폐허가 된 서촌의 한옥을 구입했다. 박노수는 과거 친일파 윤덕영이 그의 딸을 위해 지어 주었던 가옥을 사들여 수리해 그곳에서 살며 다양한 작품 활동을 했다.

단색화와 민중 미술이 주를 이루는 한국 화단은 해방 후 일본 색을 배제하고 정체성을 되찾고자 노력했다. 박노수는 절제된 색채와 간결한 선묘(선으로 형상 묘사)로 한국화의 맥을 이으면서 이를 현대적으로 재해석한 독자적인 작품 세계를 구축하고자 했다. 그는 한국화 1세대 화가이자 동양화 부문 최초로 대통령 상을 받았다. 그리고 2011년, 그가 작품 활동을 하던 한옥과 작품 대부분을 종로구에 기증했다.

현재 박노수 가옥은 종로구립 박노수미술관으로 운영된다. 서울시 문화재 자료 1호로 등재된 박노수 가옥은 경사진 땅에 지어진 도시형 한옥의 특징을 보여 준다. 화가의 가옥이자 세종마을의 열린 미술관으로 알려진 이곳은 마루와 복도, 계단, 창틀이 잘 보존되었고 벽난로가 몇 군데 있는 것으로 보아 고급 주택이었음을 짐작할 수 있다. 경사진 대지에 위치해 집 뒤편의 언덕에 올라가면 서촌을 내려다볼 수 있다. 서촌의 좁은 골목들과 작은 한옥들이 보이는 멋진 풍광을 가졌다.

위치
서울 종로구 옥인1길 34

시간
10:00 ~ 18:00

휴무일
월요일, 1월 1일, 설날, 추석날

입장료
개인(어른 3,000 원 / 청소년 1,800 원 / 어린이 1,200 원)
단체(어른 1,800 원 / 청소년 1,200 원 / 어린이 600 원)

대중교통
3호선 경복궁역 2번 출구, 지하문 터널 방향으로 약 890m(도보 16분)

이상범 가옥

우리나라 산천의 특징을 담아 독창적인 산수화를 개척한 동양화가 청전 이상범 화백의 고택은 배화여자고등학교 옆 서촌의 깊숙한 골목에 위치한다. 이상범 가옥은 1930년대에 지어진 도시형 한옥이다. 이 집에 들어서면 처마 선이 아름다운 적당한 규모의 한옥과 마당이 한데 어우러져 한옥이 주는 공간의 편안함을 느낄 수 있다. 이상범 화백이 43년간 이 한옥에서 거주하며 작품 활동을 했다. 그의 화실 속에서 한국적 산수화의 집념을 엿볼 수 있다. '청전화숙'이라 불리는 화실은 지금도 보존된다. 운치가 있는 그의 한옥은 그가 한국 전통 산수화의 맥을 이으면서 산천에 대한 독창적인 화풍을 확립하고, 작품 활동을 꾸준히 할 수 있게 한 원동력이 되는 공간이었다.

위치
서울 종로구 필운대로 31-7, 8

시간
매일 09:00 ~ 18:00 (3월~10월), 매일 09:30 ~ 17:30 (11월~2월)

휴무일
월요일

입장료
무료

대중교통
3호선 경복궁역 2번 출구, 도보 9분

홍건익 가옥

서촌의 좁은 골목 사이에 있는 홍건익 가옥은 지난 2017년 공공 한옥으로 전면 개방되었다. 1930년대에 지어진 이곳은 낮은 언덕을 따라 대문채, 행랑채, 사랑채, 안채, 별채 다섯 동이 자연스럽게 자리한다. 서울에 남은 한옥 가운데 일각문과 우물, 빙고까지 갖춘 유일한 집이다. 특히 안채 대청마루의 풍혈반(다리에 장식 또는 구멍을 뚫어 만든 밥상)에 새겨진 팔괘 문양과 별채의 화초벽을 장식한 태극 문양, 이화꽃 문양, 연꽃 문양 등 당시 가옥의 화려한 면모를 엿볼 수 있다. 또 대청에 설치한 유리문과 처마의 차양이 근대 한옥의 특징을 드러낸다. 근대와 전통의 특성을 동시에 보여 주는 홍건익 가옥은 건축적·문화적 가치를 높게 인정받아 서울시 민속문화재로 지정됐다.

위치
서울 종로구 필운대로1길 14-4

시간
화요일 ~ 금요일 10:00 ~ 21:00 | 주말 10:00 ~ 18:00

휴무일
매주 월요일, 공휴일

입장료
무료

대중교통
3호선 경복궁역 2번 출구, 도보 7분

이상의 집

작가 이상은 1936년 발표된 단편 소설 〈날개〉로 우리에게 기억된다. "(중략) 날개야 다시 돋아라. 날자, 날자, 날자, 한 번 더 날자꾸나." 그는 일제 강점기 당시 조선 지식인들의 무기력함과 그 절망감에서도 끈을 놓지 않고 희망을 노래하고자 했다. 구불구불하고 한적한 옥류동천 길을 따라 인왕산 방면으로 걸으면 얼마 지나지 않아 작은 간판에 '이상의 집'이라고 쓰인 통유리로 된 작고 소박한 공간을 만난다.

이상은 시인이자 소설가, 화가이며 건축가이기도 하다. 1910년 사직동에서 태어나 3살부터 통인동에서 자랐다. 그는 서울대학교 공과대학의 전신인 경성고등공업학교 건축과를 수석으로 졸업한 후 조선 총독부 건축과 기사로 일했다. 그의 인생 중 대부분인 20여 년을 이곳 서촌에서 살았다.

당시 그가 살던 300평이 넘는 백부 소유의 넓은 집터는 시간이 지나면서 여러 필지로 나뉘고 철거될 위기까지 놓이게 되었다. 다행히도 2009년 문화유산국민신탁이 이상을 기리기 위해 시민 모금과 기업 후원으로 집터 일부를 매입했고, 지금까지 그의 작품과 그림을 다양한 형태로 보전·관리 중이다. 작은 건물 안으로 들어서면 벽면에 전시된 그의 작품을 볼 수 있다. 이상의 소설과 수필, 그림, 도안, 삽화, 서신뿐만 아니라 그의 작품집과 해설서 들도 함께 전시되어 있다. '이상의 집'에서 문학 그 이상을 만날 수 있다.

상시 개방된 공간이 아니고 서울미래유산으로 지정되어 문화유산국민신탁에서 민간에 의해 운영·관리된다. 내부 관람을 원한다면 방문 전 전화 문의가 필수다.

위치
서울 종로구 자하문로7길 18

시간
10:00 ~ 18:00 (브레이크타임 13:00 ~ 14:00)

휴무일
월요일, 일요일, 공휴일, 설 연휴, 추석 연휴

입장료
무료

대중교통
3호선 경복궁역 2번 출구, 도보 5분

서촌 한옥 마을과 옛길

서촌 골목골목 숨어 있는 옛 한옥과 구옥을 찾아보자. 개성 있는 카페와 감각적인 전시 공간 사이로 서촌의 오랜 역사를 품은 구옥을 마주하게 되면 기억 속에 묻어 두었던 소중한 기억들이 떠오르게 될 것이다.

위치
서울 종로구 통의동 28-1 주변 한옥들 사이 좁은 골목길
대중교통
3호선 경복궁역 3번 출구, 도보 5분

송석원 터

송석원은 인왕산 계곡 깊숙한 곳에 자리 잡아 소나무와 바위가 어우러져 절경을 이룬 곳이다. 정조 때 평민 시인 천수경이 옥류동 계곡에 송석원이라는 집을 짓고 송석원과 관련한 시를 지으면서 그를 중심으로 이름이 널리 알려졌다. 이후 위항 시인들의 중심적인 모임이 이루어진 터가 되었다.

1914년 순정황후 윤씨의 백부 윤덕영도 프랑스 풍 저택을 지어 송석원이라고 이름 붙였다. 인왕산과 옥류천의 대명사였던 송석원은 임진왜란 이전까지 왕족 전용 세거지(대대로 살고 있는 고장)였다가 세도가의 별장지대가 되었다. 이곳은 선비도 아닌 중인 신분으로 시를 쓰는 별난 서리, 아전들의 본거지가 됐다. 건축 당시 대궐보다 크고 화려한 한양 아방궁이었으며, 한국 전쟁 이후 필지가 분할되기 전까지도 송석원은 인왕산 아랫동네를 지칭했다. 또 송석원은 당대 최고이자 조선 최고의 화가 김홍도와 이인문이 남긴 그림의 제목이기도 하다.

위치
서울 종로구 옥인동 24-2

대중교통
3호선 경복궁역 2번 출구,
세검정 방향 송석원 길 따라 약 150m(도보 12분)

필운대

조선 중기의 문신·학자인 이항복은 임진왜란 당시 행주대첩을 이끈 권율 장군의 딸과 혼인한 후 필운대와 밀접한 행촌동 권율의 집에서 살았다. 필운대는 권율 집터에서 약 600m 거리로 10분 정도면 갈 수 있었다. 처가를 나와 이항복은 젊은 시절 관직 생활을 하며 지내던 사가를 필운대에 두었을 것이라고 짐작한다. 필운대 앞에 있었다고 전해지는 이항복의 집은 물론이며 그 터마저도 찾아볼 길 없다. 그리고 이곳엔 현재 배화여자고등학교가 들어섰다. 배화여자고등학교 별관 뒤쪽에 위치한 바위벽을 보면 이항복의 글씨로 쓰인 '필운대' 석 자가 뚜렷이 새겨져 있다.

서촌 일대의 '필운대로'의 필운대가 바로 여기서 비롯되었다. 필운대는 배화여고 부지 내에 있어 주말에만 들어갈 수 있으며 평일에는 학생들의 공부를 방해하지 않기 위해 되도록 방문하지 않는 것을 권장한다.

위치

서울 종로구 필운동 산1-2

대중교통

3호선 경복궁역 2번 출구, 도보 13분

벽수산장 터

옥인동 일대를 가리키는 송석원의 주인이 여러 차례 바뀌게 되면서 결국 친일파 윤덕영의 소유가 되었다. 벽수산장은 한국 전쟁 전후 한국통일부흥위원단의 청사로 쓰이다가 1966년에 불탔고, 1973년 도로 정비 사업으로 철거되었다. 현존하는 부속 건물로 서용택 가옥과 박노수 가옥이 있다. 그 밖에 벽수산장 정문 기둥 4개 중 3개가 옥인동 47-27번지(1개)와 47-33번지(2개) 앞에 남았으며, 옥인동 62번지 소재 건물 동쪽에는 벽수산장의 벽돌담과 아치의 흔적이 있다. 이를 통해 벽수산장의 면적이 어느 정도였는지 가늠할 수 있다.

위치
서울 종로구 옥인동 47번지 일대

대중교통
3호선 경복궁역 2번 출구, 도보 15분

서용택 가옥

1910년 즈음부터 당대의 친일파 윤덕영은 옥인동 47번지 땅을 점차 매입했다. 그는 1917년을 기준으로 옥인동에서만 약 1만 6,000평의 땅을 가진 상태였다. 이 넓은 땅에 벽수산장 외에도 본인의 첩(소실, 小室)을 위해 건축한 한옥이 있다. 이 한옥이 현재의 옥인동 서용택 가옥이다. 서용택 가옥은 한국사의 마지막 왕비 순정효황후의 집으로 잘못 알려져 서울시 문화재로 지정되었다가 20년 만에 지정 해제되었다. 주인도 없이 여러 가구가 모여 살았는데 집이 너무 낡아 붕괴 위험이 있다는 민원이 많았고, 붕괴 위험에도 여러 가구들이 거주해 고칠 수 없었다고 한다.

위치
서울 종로구 필운대로9가길 7-9
대중교통
3호선 경복궁역 2번 출구, 도보 16분

백호정

백호정은 호랑이와 관련이 있다. 그 옛날 인왕산에 호랑이가 많던 시절이었다. 병에 걸린 백 호랑이가 백호정에 와서 샘물을 마신 뒤 말끔히 회복했다는 사실을 알아낸 사람들이 백호정 약수를 찾기 시작했다. 이곳에는 백호정을 상징하는 각자바위가 있다. 한때 손꼽히는 활터였지만 지금은 좁은 면적의 터만 남았다. 높이 솟은 바위에 명필 엄한붕이 쓴 '백호정' 글씨가 있다. 아래 바위에 있는 샘에는 지금도 맑은 물이 고인다. 숲처럼 들어선 빌라 동네 깊숙한 곳에 터와 글자와 샘물이 있다. 동네 사람들이 샘물에 철문을 달아 주어 보존 중이다. 선대의 시인과 묵객들이 찾았던 명승지이기도 했던 이곳은 현재 황폐해진 모습이지만, 현대인들에게 이런 명소는 서촌의 보물 중 하나라고 말할 수 있다.

위치
서울 종로구 누상동 27-12

대중교통
3호선 경복궁역 1번 출구, 도보 16분

윤동주문학관

윤동주문학관 내부에 위치한 3곳의 전시실에는 윤동주 시인의 일생을 배열한 사진 자료와 친필 원고, 윤동주 시인의 고뇌와 아픔을 연상시키는 수도가압장와 물탱크 공간이 있다. 느려지는 물살에 압력을 가해 다시 힘차게 흐를 수 있도록 하는 수도가압장의 역할처럼 삶에 지치고 상처 입은 우리의 영혼을 윤동주의 시가 다독여 주며 위로해 줄 것이다.

윤동주문학관을 지나서 옆에 나란히 자리한 윤동주 시인의 언덕이 있다. 이곳에는 비석에 윤동주 시인의 시가 적혀 있어 윤동주 시인의 문학 세계관을 엿볼 수 있다. 언덕은 효자동에서 부암동으로 넘어가는 지하문 고개 위에 자리해 수려한 도심 전망을 관람할 수 있다.

위치
서울특별시 종로구 창의문로 119

시간
10:00 ~ 18:00(입장 마감 17:30)

휴무일
월요일, 1월 1일, 설·추석 당일

입장료
무료

예약 문의
02-2148-4175(단체 방문 및 해설 요청 시 사전 예약 필수)

수성동 계곡

겸재 정선의 그림에 등장하는 수성동 계곡은 계곡물 소리가 크다고 해 '수성'이라는 이름을 갖게 되었다. 도심 한복판에 자리한 수성동 계곡은 1971년에 지어진 옥인 시범 아파트를 2010년에 철거하면서 발굴되었다. 그 후, 역사적 가치를 인정받아 공원으로 복원되었다. 종로구 옥인동 마을버스 종점 바로 위에 조성된 공원은 2011년 7월 새로운 모습으로 우리에게 공개되었다.

조선의 역사 지리서인 〈동국여지비고〉를 보면 조선 시대부터 이 일대가 수성동으로 불렸고, 명승지로도 소개되었음을 알 수 있다. 더불어 변함없는 수성동 계곡의 모습을 겸재 정선의 그림 〈장동팔경첩〉에서 확인할 수 있다.

위치
서울 종로구 옥인동 185-3

대중교통
3호선 경복궁역 1번 출구, 도보 19분

사직단

사직단은 토지의 신(神)인 사(社)와 곡식의 신인 직(稷)에게 제사를 드리는 제단이다. 조선을 세운 태조가 한양에 수도를 정하고 궁궐과 종묘를 지을 때 함께 만들었다. 토지의 신에게 제사를 지내는 국사단은 동쪽에, 곡식의 신에게 제사를 지내는 국직단은 서쪽에 배치했다. 신좌는 각각 북쪽에 모셨다. 제사는 2월과 8월, 동지와 섣달 그믐에 지냈다. 나라에 큰일이 있을 때나 가뭄에 비를 기원하는 기우제, 풍년을 비는 기곡제들을 이곳에서 지냈다.

1902년 사직단과 사직단의 임무를 맡은 사직서가 다른 곳으로 옮겨졌고, 일본인들이 우리 민족을 업신여기기 위해 사직단의 격을 낮춰 공원으로 삼았다. 1940년 정식으로 공원이 된 사직 공원이 옛 사직단의 자리다. 유네스코 세계문화유산으로 지정되었지만 일제에 의해 건물들이 많이 훼손되었다.

위치
서울 종로구 사직로 89 (종로 사직 공원 내 위치)

대중교통
3호선 경복궁역 7번 출구, 도보 8분

북촌을
걷다

국립민속박물관

국립민속박물관은 우리나라의 대표적인 생활 문화 박물관으로서, 1946년 개관한 이래로 우리 문화의 본 모습을 올바르게 전달하기 위해 노력했다. 우리의 선조들과 오늘날 우리의 일상생활에서부터 일생에 이르기까지 삶의 모습을 조사·연구·수집하여 전시·보존 중이다. 우리가 이 땅에서 어떤 삶을 살았는지, 그런 과정에서 만들어 낸 생활재는 무엇인지, 생활재에 표현된 상징과 의미는 무엇인지 살펴보려면 민속 문화를 올바르게 이해해야 한다. 이런 민속 문화를 알기 쉽게 보여 주는 곳이 바로 국립민속박물관이다.

한국인의 하루, 한국인의 1년, 한국인의 일생 등 3개의 상설 전시실과 야외 전시장을 운영하며, 연 4회 이상의 기획 특별전을 개최한다. 또 생활 양식의 변화에 따라 빠르게 사라지는 일상생활 자료를 확보하기 위해 구입·기증·기탁 등 다양한 방법으로 자료를 수집한다.

위치

서울 종로구 삼청로 37

시간

3~5월 09:00 ~ 18:00 (17:00까지 입장)

6~8월 09:00 ~ 18:00 (17:00까지 입장) | 주말·공휴일 09:00 ~19:00 (18:00까지 입장)

9~10월 09:00 ~ 18:00 (17:00까지 입장)

11~2월 09:00 ~ 17:00 (16:00까지 입장)

※매월 마지막 주 수요일(문화가 있는 날)·금요일·토요일 09:00 ~ 21:00 (20:00까지 입장)

휴무일

1월 1일, 설·추석 당일

입장료

무료

삼청동 카페 거리

화개길 끄트머리인 삼청파출소 앞에서 삼청동 카페 거리가 시작된다. 삼청동 카페 거리는 삼청동의 고즈넉한 분위기를 그대로 느낄 수 있는 거리로, 경복궁에서 삼청공원까지 842m 동안 이어지는 코스다. 한옥을 모티브로 한 카페, 비탈진 계단에 자리한 루프 탑 카페, 프렌차이즈 카페, 다양한 외국 음식점, 갤러리 등이 거리를 채운다. 줄 지어선 전통 한옥과 현대 건축물의 고즈넉하고 세련된 풍경이 조화롭게 어우러진다. 삼청파출소 부근이 가장 붐비고 삼청공원에 가까울수록 길이 호젓해 가볍게 산책하기 좋다.

위치
서울 종로구 삼청동 74-1

삼청공원 숲속도서관

삼청로를 따라 북악산 기슭까지 깊숙이 올라가면 고즈넉한 삼청공원이 나타나 우리에게 쉼터 역할을 해 준다. 삼청공원으로 올라가는 도로에 데크 길을 만들어 놓아 걷기도 편하다. 데크 길 옆으로 우거진 숲이 있고 삼청천이 흐른다.

숲속도서관은 삼청공원 내 울창한 나무 사이로 보이는 2층짜리 아담한 건물로, 삼청공원을 찾는 방문객을 위해 북카페로 운영 중이다. 한쪽 창가는 통유리로 되어 공원의 풍경을 감상하며 자유롭게 독서를 하거나 아이들이 뛰어놀며 즐길 수 있다. 넓은 창을 보며 책을 읽으면 숲속에 앉아 책을 읽는 느낌이 들기도 한다. 숲속에서 반겨주는 힐링 공간인 삼청공원 숲속도서관은 21세기 첨단 문명사회에서 사람 중심의 혁신이라는 평가를 받으며 〈뉴욕 타임스〉에 소개되기도 했다.

위치

서울 종로구 북촌로 134-3

시간

10:00~18:00, 매주 월요일 정기 휴무

숲속도서관 앞 길

북촌생활사박물관

북촌생활사박물관

600년 역사를 품은 북촌의 거주민들이 1970년대 후반까지 사용했던 물건들을 수집· 보존·전시하고자 설립된 사립 박물관이다. 지역의 근현대 생활사를 정리하고, 지역의 전통과 문화를 계승·발전시켜 나가는 데 기여하는 일을 한다.

북촌생활사박물관이 소장하는 모든 유물은 북촌에 살았거나 현재 거주하는 주민들이 오랜 세월에 걸쳐 실제 생활에 사용했던 물건들이다. 소장품 하나하나에 그 물건을 사용한 사람의 깊은 역사가 배어 있다. 북촌 주민들의 진진한 삶의 이야기가 깃든 것이다. 약 3,000여 점의 물건을 소장 중이다.

위치
서울 종로구 북촌로5나길 90

시간
매일 10:00~18:00 / 11:00~17:00(동절기 11월~2월)
매주 월요일 정기 휴무

입장료
24개월 이상 개인 3,000원, 20명 이상 단체 20% 할인, 북촌 주민 무료

북촌생활사박물관

북촌 한옥 마을 메인 포토존

북촌로 11가길에는 한옥의 정취와 서울 시내 전경을 한눈에 담을 수 있는 포토존이 있다. 잘 보전된 한옥과 한옥 기와지붕 너머로 서울 도심과 남산서울타워를 한눈에 감상할 수 있다. 북촌 5경은 밀집 한옥의 경관과 흔적이 가장 많이 남은 곳이며, 적극적인 한옥 지원 사업으로 한옥이 잘 보전되었다. 북촌 6경은 한옥 지붕 사이로 펼쳐지는 서울의 전경을 감상할 수 있고, 특히 처마 끝 사이로 보이는 서울 시내 전경이 북촌 산책의 백미로 손꼽힌다.

위치
서울 종로구 북촌로11가길(가회동)

북촌동양문화박물관(맹사성 집터)

북촌동양문화박물관

북촌동양문화박물관은 조선 시대 좌의정을 지낸 고불 맹사성이 살던 집터에 위치해 역사적 의미가 남다르다. 전시 공간으로 고불 맹사성 대감이 살던 고불 서당과 동양 차 문화관 등이 있으며, 유교, 불교, 민속 문화 관련 전시물 등이 전시되어 있다.

북촌 한옥 마을 내 제일 높은 곳에 위치해 서울의 내사산과 서울 도성, 경복궁을 한눈에 내려다볼 수 있는 전망대와 전통 정원이 있다. 전각(도장 새기기) 체험, 서당 체험, 전통 민화 그리기 체험, 선비 다도 체험 등 다양한 체험 프로그램을 운영한다.

위치
서울 종로구 북촌로11길 76

시간
매일 10:30~19:00

입장료
1인 5,000원(음료 한 잔 제공)

북촌동양문화박물관

북촌동양문화박물관에서 바라본 전경

정독도서관

찾고 싶고 머물고 싶은 정독도서관은 1977년 1월 옛 경기고등학교 자리에 개관했다. 50만여 권의 장서와 2만 5,000여 점의 비도서 자료를 소장한다.

부설 서울교육박물관은 1만 4,000여 점의 교육 사료를 소장하는 서울특별시교육청 산하 공공 도서관이다. 성삼문 집터, 화기도감 터, 인왕제색도비 등 관내 문화재 표석을 보유한다.

위치

서울 종로구 북촌로5길 48

시간

자율학습실, 노트북실

평일 07:00~23:00 (11월~2월 08:00~23:00)

주말 07:00~22:00 (11월~2월 08:00~22:00)

인문사회자연과학실

평일 09:00~20:00

주말 09:00~17:00

어문학, 족보실, 다국어, 연속간행물실, 디지털자료실, 청소년관

평일 09:00~20:00 11월~2월 09:00~19:00

주말 09:00~17:00

어린이실 서울교육박물관

평일 09:00~18:00

주말 09:00~17:00

정독도서관

설화수 플래그십 스토어, 오설록 티하우스

가회동 두 집 설화수 플래그십 스토어, 오설록 티하우스는 한옥과 양옥의 조화를 이룬다. 한옥 기와지붕과 유리로 만들어진 2층짜리 양옥 건물의 설화수 화장품 전시장과 현대 가옥의 오설록 티하우스는 어색한 듯 조화롭고 화려하게 만난다. 한옥과 양옥 사이 공간에 서면 이질적인 요소가 뒤섞여 색다른 분위기를 만들어 내는 것을 체험할 수 있다. 현대적인 분위기의 조경이 두 시대를 연결한다.

한옥을 리모델링한 설화수 건물과 현대 가옥의 오설록 티하우스가 연결되는 건물 2층 부분의 난간을 눈여겨보자. 설화수까지는 나무 난간을 사용했고 오설록 티하우스부터는 유리 난간을 사용해 과거와 현대가 만나는 접점을 재치 있게 표현했다.

위치

서울 종로구 북촌로 47, 45

시간

설화수 북촌 플래그십 스토어 매일 10:00~20~00

매달 1번째 월요일 정기 휴무, 1월1일, 설/추석 당일 휴무

오설록 티하우스 북촌점

월~목 11:00~21:00 (20:30 라스트오더)

금~일 11:00~22:00 (21:30 라스트오더)

3F 월~목 14~21시 | 금~일 14~22시 ※주차 불가

오설록 티하우스에서 보이는 풍경

감고당길

감고당길

감고당길은 안국역 1번 출구에서부터 시작되어 정독도서관까지 이어지는 415m의 거리이다. 돌담과 아기자기한 상점들을 따라 걷기 좋다. 조선 시대 인현왕후의 친정이자 명성황후가 왕비로 책봉된 곳이기도 하다. 차를 마시며 규방 공예를 배우고, 수공예 액세서리를 구경할 수 있다.

위치
서울 종로구 안국동

서울공예박물관

서울공예박물관은 공예의 과거와 현재, 미래를 연결하고자 서울시가 건립한 최초의 공예 전문 박물관이다. 2021년 7월, 약 70여 년간 안국동에 자리한 풍문여자고등학교가 강남구로 이전하면서 건물 5개 동을 리모델링해 건축했다. 이 박물관의 터는 세종의 아들 영응대군의 집, 순종의 가례를 위해 건축된 안국동 별궁 등 왕가의 저택과 별궁이 있었던 곳이다. 건물의 외관은 따뜻한 재료인 테라코타, 무늬 있는 대리석, 마사토 등으로 온기 있는 풍경을 경험할 수 있도록 설계되었다.

위치

서울 종로구 율곡로3길 4

시간

매일 10:00~18:00 (매주 월요일 정기 휴무)

송원아트센터

송원아트센터는 동국제강그룹 산하 장학 재단인 송원문화재단 사업의 일환으로 예술가의 문화 예술 지원을 위해 설립됐다. 송원아트센터는 지난 2006년 6월 16일 첫 전시 'Circuit Diagram'을 시작으로 젊은 작가들의 왕성한 작품 활동을 적극적으로 지원한다. 공중에 뜬 듯한 공간으로 눈길을 끄는 송원아트센터는 미술뿐 아니라 공예 발전과 함께 건축 분야에도 폭넓은 지원이 이루어지며, 신진 작가 발굴에도 힘을 기울이는 중이다.

위치
서울 종로구 화동 106-5

시간
매일 11:00~18:00, 월요일 정기 휴무

우드앤브릭

이탈리안 레스토랑 '나무와 벽돌'이 북촌에 새롭게 선보인 분점으로 한옥과 현대 건축, 인테리어 디자인 등을 총망라한 복합 프로젝트이다. 과거와 현재가 만나는 듯한 단순하고 모던한 양옥 디자인과 수공예적인 섬세함이 드러나는 한옥 건축이 특징이다. 긴 전면 도로를 따라 인상적인 가로 입면(건물의 외면을 의미하며, 이를 통해 외관의 전체적 형태, 창의 위치, 그리고 깊이감까지 알 수 있다)을 형성한다. 공통의 외관 재료인 목재와 전벽돌은 그 사용 방식의 차이로 전통과 현대를 표현한다. 베이커리와 델리 숍으로 이용되는 1층의 내부는 밝고 경쾌하게, 정통 고급 레스토랑으로 이용되는 2층의 내부는 차분하고 우아하게 설계했다.

현재는 기존의 우드앤브릭 본점 공간에 새로운 예술 문화 대안 공간 'CORNER SQUARE' 이름 아래 새롭게 리모델링하였다.

위치

서울 종로구 삼청로 37

팔판동 골목

경복궁 끝부분에서 총리 공관과 청와대로 가는 길목에 위치한 작은 동네가 팔판동이다. 느리지만 끊임없이 변화하는 동네, 팔판동은 이름 그대로 '팔 판' 즉 '8명의 판서가 살았다'는 데서 유래한다.

팔판동은 유서 있는 집들과 새로운 시도들이 접목된 곳이다. 팔판동 골목에 들어서면 작은 커피숍, 레스토랑, 베이커리 숍 등이 있다. '밀크홀1937', '로쏘' 등은 SNS 상에서 유명한 맛집이다. 팔판동을 대표하는 곳은 '팔판정육점'이다. 1940년에 시작했으니 어느새 80년의 역사를 가진다. 이외에도 오랜 역사를 품은 가게들이 굳건히 자리한다. 그만큼 팔판동에는 최소 30~40년 이상 이곳에 뿌리를 내린 토박이들이 많다.

위치
서울특별시 종로구 팔판동

중앙고등학교

중앙고등학교는 1908년에 민족 선각자들이 교육으로 나라를 구하고, 융성하게 일으키자는 일념으로 세운 우리나라 최초의 민립 학교이다. 우리에게 익숙한 다양한 드라마의 촬영지로 한층 유명해진 중앙고등학교는 3.1운동의 도화선이 된 곳이기도 하다.

본관 건물은 사적 제281호, 서관은 사적 제282호, 동관은 사적 제283호로 지정되었으며, 고교 평준화 정책 이전까지 5대 사학으로 불리던 학교 중 유일하게 강북 지역에 남은 학교이기도 하다. 드라마의 인기로 많은 관광객이 방문해 주말에만 개방한다.

위치
서울 종로구 창덕궁길 164

백인제 가옥

서울특별시 민속문화재 제22호로 지정된 백인제 가옥은 북촌이 한눈에 내려다보이는 2,460㎡(약 744평)의 대지 위에 전통 방식과 일본 양식을 접목해 지은 근대 한옥이다. 고개를 들어야 그 높이가 짐작되는 솟을대문이 가옥 규모와 집주인의 당대 세도를 짐작하게 한다.

을사오적 중 한 명인 이완용의 외조카로 한성은행 전무였던 한상룡이 가회동에 자리를 잡았다. 그는 인근의 가옥 12채를 구입해 1906년부터 약 770여 평에 이르는 규모에 집을 짓기 시작했다.

백인제 가옥은 당당한 사랑채를 중심으로 넉넉한 안채와 넓은 정원, 아담한 별당채로 구성된다. 특히 4개의 방과 대청의 사랑채는 본래 사랑채와 안채가 철저히 분리되는 전통 한옥과 달리 긴 툇마루 형태의 복도로 안채와 연결했다. 사랑채와 안채 바깥에 단 유리문은 집 안의 채광을 확보했다. 특히 마당과 정원을 바라보는 조망권을 뛰어나게 만들었다. 2층은 다다미방으로 만들었으며 부엌, 안방, 대청, 건넌방을 일자로 배치했다. 사랑채 뒤쪽으로 난 오솔길을 오르면 이 집에서 가장 높은 언덕에 자리 잡은 별채가 보인다. 사랑방에서 바라보는 뒷마당은 한옥 정원이 주는 특유의 자연 친화적인 안식과 편안함을 느낄 수 있다.

위치

종로구 북촌로7길 16

시간

매일 10:00~18:00 입장 마감 17:30, 매주 월요일 휴관

입장료

무료

웹사이트

yeyak.seoul.go.kr | 가이드 투어 사전 예약 시 가옥 내부 관람 가능

가회동성당

가회동성당은 한국 천주교 최초의 선교사인 중국인 주문모 신부가 1795년 예수부활대축일에 한국에서 거행된 첫 미사를 봉헌한 것을 기념하는 성당이다. 명동성당에서 분리되어 정식으로 본당이 된 것은 1949년이고, 이후 1954년에 성전이 완공되었다. 하지만 성전이 낡아 2011년부터 옛 성전을 허물고 현재의 새 성전을 짓게 되었다. 2013년 11월 21일 준공되었고, 3일 후인 24일(그리스도왕대축일)에 입주하여 입주 미사를 봉헌했다. 현재의 동서양 건축 양식이 어우러진 새 성전은 과거의 역사를 되살리고자 2014년 4월 20일 부활대축일에 서울교구장 염수정 추기경님에 의하여 축성되었다. 가회동성당은 서울대교구 성지 순례길 2코스(생명의 길)가 시작하는 곳이며, 2017년 배우 김태희와 가수 비가 결혼한 장소로도 유명하다.

위치

서울 종로구 가회동 30-3

시간

주일 미사

06:00 (새벽 미사) 11:00 (교중 미사) 18:00 (학생 미사)

토요일

18:00 (저녁 주일미사)

평일 미사

월요일 06:00 화요일 19:00 수요일 10:00 목요일 19:00 금요일 10:00
※월요일은 휴무로, 미사 후 성당 문 닫음.

조선어학회 터

조선어학회는 1921년 주시경의 제자들이 한글의 연구와 발전을 목적으로 발족한 조선어 연구회의 후신이다. 조선어학회는 우리의 얼을 지키기 위해 한글을 모아 사전을 편찬하고자 했다. 그래서 한반도에 있는 모든 말들을 모은다는 뜻으로 '말모이' 작업을 펼쳤다. 1942년 10월, 조선인 민족 말살 정책으로 한글을 연구한 학자들이 투옥한 '조선어학회 사건'이 벌어지기 전까지 조선어학회의 노력은 계속됐다. 1942년 조선어학회 사건으로 활동이 중단되었다가 광복 후 '한글 학회'로 이어졌다.

조선어학회 터

위치

서울 종로구 율곡로3길 74-15

백악산

북악산에서 만나요

북악산, 방어와 경계의 성곽에서 시민들의 쉼터로

청와대 뒷산인 북악산은 예로부터 서울의 주산(主山)이자 당대 최고의 명산으로 여겼다. 서쪽의 인왕산, 남쪽의 남산, 동쪽의 낙산과 함께 서울의 사산 가운데 하나인 북쪽의 산으로 일컫는다. 조선 시대까지 다양한 이름으로 불리었는데, 그중 백악(白岳)의 뜻은 꼭대기에 진국백(鎭國伯)이라는 여신을 모신 백악신사(白岳神社)가 있다고 하여 붙은 이름이다.

북악산 한양도성은 청와대와 인접해 있다. 한양도성은 지난 600여 년 동안 조선과 대한 제국, 대한민국 수도의 든든한 울타리로 존재했다. 청와대 경호와 군사 시설 보호를 위해 북악산 한양도성 등산로 구간을 오랜 기간 통제했다가 2006년 4월부터 일부 개방을 시작했다. 광화문과 경복궁, 북악산으로 이어지는 역사적 공간이 전면 개방되며 이 역사(북악산-서울성곽-

숙정문-청와대-경복궁-광화문)를 다시금 이어나갈 수 있게 되었다. 그동안 갈 수 없었던 북악산 남측 구간(청와대-백악정)이 청와대 개방과 함께 국민의 품으로 온전히 돌아온 것이다. 현재 한양도성의 전체 구간은 18km로, 성벽을 따라 걷는 것만으로 조선 시대 성곽의 구조와 축조 기법을 알 수 있는 세계에서 가장 긴 박물관이라고 해도 모자람이 없다. 시작은 방어와 경계를 위해 쌓았지만, 이제 한양도성은 시민들의 쉼터로 자리매김했다.

또 새롭게 개방된 백악정 등산로를 통해 기존의 숙정문, 창의문, 청운대, 곡장과 연결되며 등산객들에게 다양한 등산 코스와 볼거리를 제공한다.

청와대 관람과 함께 탐방로를 둘러보기 위해 계획 중이라면, 꽤 많은 걸음과 시간이 소요될 수 있다. 따라서 추천 코스 중 2, 번이나 3번을 추천한다. 특히 탐방로의 경우, 폭이 좁고 경사가 꽤 되는 일반 산행길이기 때문에 가볍게 걸을 만한 둘레길을 기대해서 안 된다. 초보 등산가라면 물과 편한 신발에 더해 마음의 준비까지 하고 가기를 바란다.

북악산 정보

개방 시간

겨울 (11-2월) | 09 : 00 ~ 17 : 00(15시까지 입산)

봄, 가을 (3-4월, 9-10월) | 07 : 00 ~ 18 : 00(16시까지 입산)

여름 (5-8월) | 07 : 00 ~ 19 : 00(17시까지 입산)

휴무일 | 화요일

추천 코스

추천 코스 1 (약 2시간 소요)

춘추관 옆길 또는 칠궁 뒷길(경복고 맞은편) ⇆ 백악정 ⇆ 만세동방 ⇆ 청운대 쉼터 ⇆ 백악마루

추천 코스 2 (약 1.5시간 소요)

춘추관 옆길 또는 칠궁 뒷길(경복고 맞은편) ⇆ 백악정 ⇆ 만세동방 ⇆ 숙정문

추천 코스 3 (약 1.5시간 소요)

춘추관 옆길 또는 칠궁 뒷길(경복고 맞은편) ⇆ 백악정

해설 프로그램

진행 기간: (3-5월, 9-11월), 소요시간 약 2시간 내외

출발 시간: 평일 (삼청 안내소) 11시 / 14시

주말 (창의문) 10시 / 11시 / 13시 / 14시

(말바위) 10시 / 11시 / 13시 / 14시

(청운대) 11시 / 14시

(삼청) 11시 / 14시

(춘추관) 10시 / 11시 / 14시 / 15시

청와대에서 북악산으로 가는 길

칠궁 뒷길

청와대 인근에서 청와대 뒷산을 오르는 서쪽 코스다. 칠궁 담장을 오른편에 두고 걷는 코스다. 칠궁 뒤쪽으로 급경사 길을 올라가야 한다. 백악정까지 약 600m이다.

지하철 3호선 ▼ 지선 버스	경복궁 3번 출구(도보 25분) (환승) 1020 7022 7212 경복고등학교 하차 ▸ 우측 경찰초소 ▸ 창의문 방향(대경빌라 D동 입구)
순환 버스	청와대 사랑채 하차

춘추관 뒷길

청와대 인근에서 청와대 뒷산을 오르는 동쪽 코스다. 청와대 담장을 왼편에 두고 올라가는 아스팔트 오르막길이 있다. 상대적으로 볼거리가 적고 지루한 편이다. 백악정까지 약 800m이다.

지하철 3호선 ▼ 마을 버스	경복궁 3번 출구(도보 25분) (환승) **종로11번** 금융연수원 하차 ▸ 건너편 약 200m
순환 버스	청와대 춘추문 하차

백악정

백악정은 청와대 관저 뒤편 쉼터로 춘추관 옆 담장을 따라 20분 정도 오르면 만날 수 있다. 북악산 산행에 있어 중심적인 역할을 한다. 북악산 정상을 목표로 올라가는 사람들이나 그 외 산행인들이 등산 시 꼭 거쳐가는 곳이기 때문이다. 본래 이곳에는 정자가 없었다. 주위를 둘러보면 곳곳에 역대 대통령들이 심은 식수를 발견할 수 있다.

이곳에서는 서울의 중심가는 물론 북쪽을 제외한 서울의 삼면을 조망할 수 있고, 주변에는 조선 시대 기와가 산재한다. 이를 볼 때 백악신사가 정상에서 아래쪽으로 이전된 것이 사실이라면 이곳일 가능성이 높다.

만세동방

북악산 동쪽 6~7부 능선 계곡 가운데 하나인 만세동방 계곡의 중턱에는 약수터가 있다.

만세동방은 '동방(東方: 삼천 갑자를 산다는 전설 속의 동방삭)이 오랜 세월을 살고, 성수 남극은 성수(聖壽: 임금의 수명)가 남극(南極: 남극 하늘에는 사람의 수명을 관장한다는 전설을 지닌 노인성이 있다)이 되길 바란다'는 뜻이다. 이 각자(글자를 새기는 것)는 왕궁과 근접한 곳에 있다는 점, 그리고 단정한 글씨, '성수' 등을 언급한 점으로 볼 때 왕의 만수무강을 기원한 것임을 알 수 있다.

이승만 대통령은 재임 시 이 계곡의 약수터에서 약수를 떠다 먹었다고 전해진다. 이 약수터는 1968년 1·21사태 이후 출입이 금지되었다.

청운대 쉼터

청운대에서 걸어 2분 거리에 꽤 넓은 쉼터가 나온다. 화장실 이용이 가능하며 청운대에서는 보지 못하는 잠실 롯데타워까지 볼 수 있다. 청운대 쉼터에서 바라보는 전경도 좋지만 2분 거리의 청운대에서 내려다보는 전망을 더욱 추천한다.

법흥사 터

청와대 뒤 북악산 동편 기슭에 있다. 신라 진평왕 때 나옹 스님이 창건하였다고 전해지지만 이에 관한 뚜렷한 역사 기록은 없다. 1955년 청오스님이 증축한 바 있으나 1968년 북한에서 남파된 무장공비들이 청와대를 습격한 121사태 이후 신도들의 출입을 제한하였다. 지금은 건물 터, 고루 터, 축대, 주춧돌 등만 남아 있다.

창의문~숙정문 코스

대중교통을 이용하는 경우, 창의문에서 출발하는 것을 추천한다. 윤동주문학관 정류장까지 가는 버스 노선이 여러 개이며 간격이 짧아 오래 기다리지 않을 수 있다. 참고로 창의문 근처에는 주차할 곳이 마땅치 않아 도보를 권장한다.

창의문에서 코스를 시작하면 가파른 계단길로 이어져 오르기 힘들지만 1/3 지점마다 쉼터가 준비되어 부암동 쪽을 바라보며 시원한 바람을 느낄 수 있다. 무릎이 약하다면 트랙킹폴을 준비하면 좋다. 가파른 계단을 오르기 힘들다면 창의문의 반대편 코스인 숙정문에서 등산을 시작하는 것을 추천한다. 하지만 숙정문에서 창의문 방향으로 등산할 때에는 하산 시, 가파른 경사의 계단 길을 내려와야 하니 조심해야 한다.

창의문

창의문은 인왕산과 북악산이 만나는 지점에 있는 문이다. 사소문 중 유일하게 조선 시대 문루가 그대로 남아 있다. 이 문루는 임진왜란 때 소실되었던 것을 영조 17년에 다시 세운 것이다. 영조 때 문루를 새로 지으면서 인조반정 때 반정 세력이 이 문

창의문

으로 도성에 들어온 것을 기념하기 위해 공신들의 이름을 새긴 현판을 걸어 놓았다. 이 현판은 지금도 그대로 걸려 있다. 현재는 자하문으로 더 많이 불리는데, 이 문 부근의 경치가 개경(開京)의 승경지(勝景地)였던 자하동과 비슷하여 붙은 별칭이다.

숙정문~창의문 코스

북촌 카페 거리에서 이어져 삼청공원까지 연결되는 숙정문 입산 코스는 완만한 등산 코스로 산책길처럼 오를 수 있어 창의문 입산 코스보다 편안한 마음으로 오를 수 있다. 단, 대중교통편과 주차 공간이 마땅치 않으니 삼청동이나 혜화동에서 걸어서 트랙킹을 하는 경우에 추천하는 코스이다.

숙정문

한양도성의 북대문으로 태조 5년에 세웠다. 태종 때 도성의 음방(陰方), 즉 여자의 방향에 있어 여풍(女風)이 분다는 풍수설 주장에 따라 창의문과 함께 오랜 시간 닫아 두기도 했다. 원래 이름은 숙청문이었는데, 언제 숙정문으로 바뀌었는지 정확한 기록은 없다. 현존 도성문 중 좌우 양쪽으로 성벽이 연결된 것은 이 문이 유일하다.

촛대바위

이 바위는 숙정문 북서쪽 약 400m 지점에 있으며 높이가 13m에 이른다. 정남 방향을 바라보면 경복궁이 자리한다.

숙정문

촛대를 닮아 붙은 이름이라는 속설과 함께 역사적 배경을 가졌다. 일제는 이 바위 상단부에 쇠말뚝을 박았다. 광복 후 이 바위의 쇠말뚝을 제거하고 우리 민족의 발전을 기원하는 촛대를 세우며 이름을 '촛대바위'라 정하였다. 현재는 쇠말뚝을 제거한 부분이 콘크리트 기둥으로 마감된 상태다. 1968년 1·21사태 이후 통제되었던 이곳을 2006년 4월에 숙정문과 함께 시민에게 개방했다.

창의문에서 백악마루로 가는 길

창의문에서 백악마루로 이어지는 구간을 가파른 경사면을 따라 성곽을 쌓아 놓은 길이다. 이 구간의 순성길은 약 1,200개의 계단으로 조성해 놓았다. 운동량은 많지만 한양도성 전체 구간 중 으뜸가는 절경을 지녔다. 중간에 돌고래 쉼터와 백악쉼터에서 주변을 구경하며 쉬어가도 좋다.

백악마루

한양도성에서 가장 높은 곳으로, '白岳山 海拔 342m'라고 적힌 표석이 있다. 이곳에서면 경복궁과 세종로는 물론 한강 건너 63빌딩까지 한눈에 들어온다. 1396년 처음 한양도성을 쌓을 때 공사 구간을 97개로 나누고, 각 구간의 이름을 천자문 순서에 따라 붙였다. 백악마루는 성곽의 기점으로 이곳에서 하늘 천(天) 자 구간이 시계 방향으로 시작한다. 마지막 구간의 이름은 '조상할 조'(弔) 자다. 안부를 묻는다는 뜻이다.

백성마루

1.21 사태 소나무

북악산 일대가 54년 간 국민의 품으로 돌아오지 못했던 이유를 설명하는 소나무이다. 당시 우리 군경과 치열한 교전 중 현 소나무에 15발의 총탄 흔적이 남게 되었고, 이후 이 소나무를 1.21 사태 소나무라 부른다.

> 1.21 사태
>
> 1968년 1월21일 북한 124군부대 김신조 등 31명은 청와대 습격을 목적으로 침투하여, 현 청운실버타운(청운동) 앞에서 경찰과 교전 후 북악산 및 인왕산 지역으로 도주하였다. 무장공비 일당은 당시 청와대 및 주변 시설을 완벽하게 숙지하고 침투간 아군복장과 민간복 착용, 취객으로 위장하는 등 치밀하고 철저하게 준비하여 도발을 자행하였다. 1월 21일 교전 후 14일간 작전결과 침투한 31명 중 1명 도주, 29명 사살, 1명 생포하는 전과를 올렸다. 이 사건을 계기로 향토예비군이 창설되었으며, 김신조는 현재 개명 후 목사로 활동 중이다.

청운대

청운대는 한양도성에서 가장 조망이 좋은 장소로 알려졌다. 남쪽으로 경복궁과 광화문, 세종로 일대, 북쪽으로 북한산의 절경이 펼쳐진다. 왼편으로는 남산타워까지 함께 보여 역사적으로 권력의 중심지였던 서울 광화문 한복판을 한눈에 담을 수

↑청운대 | 곡장→

있다.

곡장(백악곡성)

중요한 시설이나 지점을 효과적으로 방어하기 위해 성벽 일부분을 ∩자 모양으로 돌출시켜 쌓은 성을 곡장이라 한다. 북악산과 인왕산에 하나씩 있다. 주변이 잘 보이는 곳에 쌓기 때문에 곡장에 오르면 서울의 산세, 북악산의 풍경은 물론 산등성이를 따라 오르내리며 이어지는 성곽 라인을 함께 감상할 수 있다.

안내소에서 북악산 가는 길

삼청 안내소 [종로구 삼청동 산 11-3 | 070-4750-5783]

도보 5분이면 삼청공원을 거쳐 삼청동 카페 거리와 맞닿은 안내소이다. 삼청 안내소를 이용하면 청운대 방면으로 곧장 올라갈 수 있다. 청와대에서 북악산으로 오르는 등산 코스와 연결되며 만세동방을 거쳐 가는 것을 추천한다. 다른 출입구에 비해 비교적 카페나 상가가 많이 밀집했기 때문에 고된 일정에 지쳤다면 하산길로 추천한다.

지하철 1호선	시청역 4번 출구
지하철 5호선 ▼ 마을버스	광화문역 2번 출구 (환승) **종로11번** 삼청공원 삼거리, 옥호정터 하차 ▶ 삼청공원 후문(도보 5분)

말바위 안내소 [종로구 삼청동 산 2-1 | 02-765-0297]

백악마루부터 곡장을 지나 말바위까지 능선을 따라 걷다 보면 조선 사대부가 서울에서 가장 아름다운 동네로 꼽은 삼청동이 내려다보인다. 이 구간은 가장 오래된 북악산 등산 코스 중 하나다. 칠궁 뒷길이나 춘추관 뒷길로 내려가는 코스가 개방되기 전에는 많은 등산객이 능선을 따라 크게 도는 말바위 코스를 많이 이용했다. 와룡공원에서 한양도성을 따라 숙정문으로 이어진다.

지하철 3호선 ▼ 마을버스	경복궁 3번 출구 (환승) **종로02번** 성균관대 후문 하차 ▶ 도보 5분 ▶ 와룡공원 ▶ 도보 20분
지하철 4호선 ▼ 마을버스	혜화역 1번 출구 (환승) **종로08번** 명륜3가 하차 ▶ 도보 10분 ▶ 와룡공원 ▶ 도보 20분

청운대 안내소 [종로구 부암동 16-18 | 070-8827-1182]

주차장과 화장실이 구비된 안내소로, 접근이 용이하다.

지하철 3호선 ▼ 지선 버스	경복궁역 3번출구 (환승) 1020 7022 7212 부암동주민센터, 무계원 하차 ▶ 창의문 앞 삼거리 ▶ 백석동길 ▶ 도보 10분 ▶ 1번 출입문 ▶ 탐방로 도보 20분
자동차 이용 시	부암동주민센터 ▶ 창의문 앞 삼거리 ▶ 북악 스카이웨이 ▶ 2, 3번 출입문

곡장 안내소 **[종로구 부암동 산 2-1 | 070-8827-1181]**

북악스카이웨이에서 걸어서 접근하기에 용이하다.

지하철 3호선	경복궁역 3번출구
▼	(환승)
지선 버스	1020 7022 7212 부암동주민센터, 무계원 하차 ▸ 창의문 앞 삼거리 ▸ (왼쪽 방향) 북악스카이웨이 ▸ 도보 45분 ▸ 4번 출입문 ▸ 탐방로 도보 15분

참고 자료

누리집

건축공간연구원

대림미술관

문화재청

보안1942

서울관광재단

서울특별시

송원아트센터

오픈하우스서울

종로문화재단

종로엔 다 있다

중앙고등학교

통인시장

한국관광공사

한국문화원연합회

한양도성

황두진건축

신문 기사

고승희, “역사의 흔적·여고의 추억…‘시간을 걷는 공간’”, 헤럴드경제, 2021.09.10.

구본준, “삼면이 다른 너…정체가 뭐니?”, 한겨레, 2019.10.19.

김민석, “창밖엔 숲, 책 보며 쉼… 이곳, 서울입니다”, 서울신문, 2022.03.15.

김예린, “삼청동 숨겨진 힐링 플레이스, 삼청공원과 숲속도서관”, 트래블피플, 2018.11.23.

김유경, “‘서촌’ 없이 서울이 있다고 말할 수 있을까?”, 프레시안, 2012.06.20.

김은주, “서촌 ‘이상의 집’에서 문학 그 이상을 만나다”, 내손안에서울, 2020.02.06.

김진홍, “영화 ‘말모이’ 명소들...조선어학회 흔적을 찾아서”, 내손안에서울, 2019.02.07.

노주석, “서촌의 정신적 고향…그 흔적은 미스터리”, 서울&, 2018.01.18.

문청야, “뉴욕타임스도 감동한 ‘삼청공원 숲속 도서관’”, 내손안에서울, 2019.03.11.

박세미, “과거가 미래에 건네줄 풍경: 설화수 북촌 플래그십 스토어 + 오설록 티하우스 북촌점”, SPACE, 2022.01.

백남우, “한국적 산수화의 집념 ‘이상범 가옥’”, 미디어파인, 2016.08.11.

백남우, “할머니의 헌책방 ‘대오서점’”, 미디어파인, 2020.06.24.

사효진, “영화 암살에서 찾아보는 백인제 가옥”, 트래블바이크뉴스, 2015.11.24.

손정호, “「SPACE(공간)」 2020년 3월호 발간 - 일상의 배경이 되는 건축: 건축사사무소 리옹”, CNB뉴스, 2020.02.26.

이덕연, “[건축과도시] 가회동 두 집…올드&뉴 ‘동거동락’”, 서울경제, 2022.04.06.

장진혁, “백인제 가옥-‘암살’ 촬영했던 100년 가옥”, 매일경제,

2020.10.24.
장진혁, “팔판동 八判洞-오래된 역사의 도도함이 지키는 동네”, 매일경제, 2019.10.02.

건축가와 함께 걷는
청와대, 서촌, 북촌 산책

초판 1쇄 발행 2024년 11월 13일

지은이 김영욱
펴낸이 박영미
펴낸곳 포르체

책임편집 이경미
마케팅 정은주 민재영
디자인 황규성
사진 김상형

출판신고 2020년 7월 20일 제2020-000103호
전화 02-6083-0128 | 팩스 02-6008-0126
이메일 porchetogo@gmail.com
포스트 https://m.post.naver.com/porche_book
인스타그램 www.instagram.com/porche_book

ⓒ 김영욱(저작권자와 맺은 특약에 따라 검인을 생략합니다.)
ISBN 979-11-93584-85-9 (03810)

- 이 책은 저작권법에 따라 보호받는 저작물이므로 무단전재와 무단복제를 금지하며, 이 책 내용의 전부 또는 일부를 이용하려면 반드시 저작권자와 포르체의 서면 동의를 받아야 합니다.
- 이 책의 국립중앙도서관 출판시도서목록은 서지정보유통지원시스템 홈페이지(http://seoji.nl.go.kr)와 국가자료공동 목록시스템(http://www.nl.go.kr/kolisnet)에서 이용하실 수 있습니다.
- 잘못된 책은 구입하신 서점에서 바꿔드립니다.
- 책값은 뒤표지에 있습니다.

여러분의 소중한 원고를 보내주세요.
porchetogo@gmail.com